《格列佛游记》与古今政治

洪涛 著

华东师范大学出版社

华东师范大学出版社六点分社　策划

关注中国问题
重铸中国故事

缘　　起

在思想史上,"犹太人"一直作为一个"问题"横贯在我们的面前,成为人们众多问题的思考线索。在当下三千年未有之大变局中,最突显的是"中国人"也已成为一个"问题",摆在世界面前,成为众说纷纭的对象。随着中国的崛起强盛,这个问题将日趋突出、尖锐。无论你是什么立场,这是未来几代人必须承受且重负的。究其因,简言之:中国人站起来了!

百年来,中国人"落后挨打"的切肤经验,使我们许多人确信一个"普世神话":中国"东亚病夫"的身子骨只能从西方的"药铺"抓药,方可自信长大成人。于是,我们在技术进步中选择了"被奴役",我们在绝对的娱乐化中接受"民主",我们在大众的唾沫中享受"自由"。今日乃是技术图景之世界,我们所拥有的东西比任何一个时代要多,但我们丢失的东西也不会比任何一个时代少。我们站起来的身子结实了,但我们的头颅依旧无法昂起。

中国有个神话,叫《西游记》。说的是师徒四人,历尽劫波,赴西天"取经"之事。这个神话的"微言大义":取经不易,一路上,妖魔鬼怪,层出不穷;取真经更难,征途中,真真假假,迷惑不绝。当下之中国实乃在"取经"之途,正所谓"敢问路在何方"?

取"经"自然为了念"经",念经当然为了修成"正果"。问题是:我们渴望修成的"正果"是什么?我们需要什么"经"?从哪里"取经"?取什么"经"?念什么"经"?这自然攸关我们这个国家崛起之旅、我们这个民族复兴之路。

清理、辨析我们的思想食谱,在纷繁的思想光谱中,寻找中国人的"底色",重铸中国的"故事",关注中国的"问题",这是我们所期待的,也是"六点评论"旨趣所在。

点 点
2011.8.10

告诉我,缪斯,那位聪颖敏睿的凡人的经历,

在攻破神圣的特洛伊城堡后,浪迹四方。

他见过许多种族的城国,领略了他们的见识,

心忍着许多痛苦,挣扎在浩淼的大洋,

……

——《奥德赛》

题　记

《格列佛游记》是斯威夫特著作中影响最大、传播最广的作品，也被公认为现代英国小说的一部开山之作。但是，与这部小说老少咸宜、雅俗共赏的一面形成鲜明对照的，是长期以来，对这部作品的真实意蕴和作者之真正意图的众说纷纭、言人人殊。不同于"索隐派"着重关注这一文本对于斯威夫特所生活时代的现实政治的指涉，本书的阐释更侧重于该小说普遍的和永恒的价值。20世纪的乔治·奥威尔和阿兰·布鲁姆都曾对这一小说做过重要的、影响深远的评论，也表明了它的意义绝非仅限于作为它自身时代的政治镜鉴这一点上。

本书对《格列佛游记》的阐释，不仅沿着布鲁姆和奥威尔所开辟的道路,而且在一定程度上超越了他们两人的研究。阐释并未浓墨重彩于为人们所喜闻乐道的大人国和小人国及其关系上,而是侧重于被普遍认为颇为"杂乱"的第三部分("飞岛诸国")和"令人困惑"的第四部分("慧骃国")。这是因为,在笔者看来,恰恰第三、四部分才是《格列佛游记》的重心所在。

阐释从古今视角切入,主要围绕这样几个基本问题展开:一、飞岛国"哲人"与"慧骃"是否分别象征"今"与"古"且彼此对立;二、慧骃国是否就是"格列佛"乃至斯威夫特本人的理想;三、《格列佛游记》是否终结于"格列佛"的愤世隐遁;四、何谓写作的"真实"。这些问题无疑都牵涉着另一个隐含的且更为根本的问题:"今"(表现于小说中的17世纪以来的英国社会、政治及其文明)是否一定胜于"古"(在小说中所隐含着的处处与"今"相对照的古典传统)。在此意义上,要全面理解《格列佛游记》,就不能离开斯威夫特所置身18世纪初的"古今之争"这一基本背景。

1 引子
Introduction

---

7 第一章 飞岛之国：技术理性与现代国家
Chapter I The Flying Island: Technical Reason and Modern State

7 1.《格列佛游记》的核心问题
The Key Problem in *Gulliver's Travels*

13 2. 飞岛国的"统治艺术"
"The Ruling Art" on the Flying Island

24 3. "下降"的古今差异
"Descending": Ancient and Modern

33 4. 技术政体：一种全新政体的诞生
Technical Regime: the Birth of a New Regime

---

41 第二章 慧骃之国：道德理性与"自然状态"叙事
Chapter II The Country of the Houyhnhnms: Moral Reason and the Narrative of "Natural State"

41 1. 慧骃的"理性"及其困境
The "Reason" of the Houyhnhnms and Its Difficulties

54 2. 慧骃国故事：现代自然状态理论的一种竞争性叙事
The Story of the Country of the Houyhnhnms: a Competitive Narrative to the Modern Theory of Natural State

---

68 第三章 《格列佛游记》的意图
Chapter III The Intention of *Gulliver's Travels*

68 1. 人是一种有待改善的动物
Human Is a Kind of the Animal Which Need to Be Improved

82　2. 真实性问题与古人
The Problem of Truth and the Ancients

99　后记
Postscript

引　子

1945年秋，因出版《动物农庄》名声大噪并初尝成功滋味的奥威尔，却作了一个惩罚性的自我判决——于英国北部赫布里底群岛中一个名为朱拉的荒凉小岛，租下一座废弃的屋子，做一个"悲伤的、孤独的人"。① 奥威尔此举令人费解。《动物农庄》的倾向，尽管与英美战时绥靖主义政策不一致，就20世纪30年代以来的知识界普遍左倾氛围而言，也不能说合时宜。但是，随着第三帝国的崩溃，苏联取而代之，成为西方主要敌人，该书因之而被视作冷战开始的征兆。此书出版后受大众读者追捧，且为权力部门重视，并不令人吃惊。只

---

① 迈耶斯：《奥威尔传》，孙仲旭译，东方出版社2003年版，第359页。

是"成功"或"合拍"不仅未使奥威尔步入政治权力与荣耀的中心,反使他"自我放逐"于一座荒凉小岛。该岛气候严酷,于奥威尔病弱的身体而言,几乎是致命的。这究竟是出于怎样的一种考虑呢?据奥威尔本人的说法,朱拉岛将是最后一个受即将来临的极权政权影响、因而可被视作世界上最安全的地方。那么,他所谓"即将来临的极权统治",究竟指的是什么,是《动物农庄》中影射的对象——还是,别有所指?

这个问题的答案,可能要到奥威尔《动物农庄》之后的其他作品中去寻找。在完成《动物农庄》这一寓言之作后,奥威尔意犹未尽。这部小说的成功似乎只是让他有了避居朱拉岛的机会,从而得以准备——他真正重要的——另一部作品:《一九八四》。然而,在《动物农庄》和《一九八四》这两部奠定其传世声望的小说之间,亦即在1946年,奥威尔还写了若干随笔和评论,其中一篇题为《政治VS.文学:对〈格列佛游记〉的考察》,发表在《论争》1946年最后一期。倘若想了解奥威尔有关极权统治的真实想法,而不是简单囿于"冷战"意识形态的解释——将这两部小说视作无论哪个阵营的思想武器,那么,思考如下问题就是必要的:何以他评论起了《格列佛游记》(下文或简称《游记》),仅仅因为斯威夫特是他所"最毫无保留地推崇的作家"[①]吗?毕竟,此时的奥威尔

---

① 乔治·奥威尔:《政治与英语》,郭妍俪译,江苏教育出版社2006年版,第229页。

已感来日无多,急于完成他自视最后且最重要的作品。

《动物农庄》刚出版时,在知识界受到的批评多于赞美,而批评主要针对小说的政治倾向。这些批评很可能引发了奥威尔对其文学创作与政治关系的思考。也就是在1946年,奥威尔还写了一篇题为《我为什么要写作》的文章,其中写道:"我在过去十年之中一直最要做的事情就是使政治写作成为一种艺术。"①这一夫子自道,或许可以让我们对奥威尔评论斯威夫特的原因有一种推测:斯威夫特正是特别以文学方式从事政治写作和政治思考的这一现代传统的重要开创者。奥威尔《动物农庄》的出版,已使他的同时代人,诸如埃德蒙·威尔逊、库斯勒,纷纷把他的文学创作归诸斯威夫特所开创的传统。甚至艾略特,尽管对《动物农庄》中的具体观点颇有微辞,也视之为一本自《格列佛游记》以来极少数技巧纯熟且能让人保持阅读兴趣不减的寓言之作。②

那么,奥威尔是否打算让他的关于斯威夫特的评论,成为业已完成的《动物农庄》的"注脚",或即将着手的《一九八四》的"序言"? 的确,斯威夫特容易使人联想起奥威尔

---

① 《奥威尔文集》,董乐山译,中国广播电视出版社1997年版,第95页。
② 迈耶斯:《奥威尔传》,孙仲旭译,东方出版社2003年版,第348、430、342页。

被归属且他自己也认同的这一传统:在不同程度上拒绝现代哲学式理论体系的建构,倾向于以想象的方式触及时代的核心问题,以政治和文学作为其活动领域的椭圆形的两个焦点。但是,不能否认,奥威尔和斯威夫特在文风上存在着显而易见的差异:奥威尔的作品一直被认为缺乏"文学"式想象力而近于写实性新闻小说。即便被归属于寓言作品的《动物农庄》,也缺乏《格列佛游记》式的真正的喜剧性:后者直接承继了古希腊喜剧家阿里斯托芬的传统,前者却并非如此。至于重要性远胜于《动物农庄》的《一九八四》,与斯威夫特式小说距离更远,它犹如一部纪实作品,毫无讽刺意味:只是严肃认真地记叙大洋国如何改造这位"最后之人"——温斯顿,以实现其理想、亦即完成旨在使人能够全然为权力摆布的人性改造。《一九八四》与其说是斯威夫特式的,不如说是马基雅维里《君主论》式的:呈现出一种"科学"式的严肃,无褒贬,不夸张。读者对《一九八四》中"大洋国"的反感,只是属于他们自己——源于读者自身固有的道德意识和道德想象力,而非源于奥威尔;而且,可以合理推测,也一定不乏将"大洋国"的治理术视作施政指南的严肃读者,正如不乏将《君主论》视作施政指南的读者一样。

在风格上,斯威夫特和奥威尔似乎构成对立的两极:前者缺乏"平常的智慧",却"具有一种超凡的想象力"①;不同于在小说中从不自诩真实性而真实性却显而易见的奥威尔,斯威夫特在书中总是不厌其烦地反复声明其叙事之"忠实可靠"和"千真万确"②,尽管没有比这种严肃声明,甚至没有比小说详载的年、月、日的确切时间,更让人意识到小说叙事的想象性和虚构性。

萨义德在有关奥威尔的评论中曾提及后者对现代政治的"愈益觉醒"③,或许,这才是使奥威尔在1946年回想起斯威夫特的一个真正重要的原因。在亲历了战乱频仍、巨大希望和失望交织的20世纪上半世纪——在西班牙内战中,被右翼军人击中咽喉险些丧命,又从左翼分子手中死里逃生;在"二战"中参与了英国BBC的战时宣传,尤其在1945年2—5月作为战地记者赴欧陆目睹德国遭受的毁灭性破坏及德法平民的困厄生活——之后,奥威尔对囊括"左"、"右"不同色谱的现代政治,有了清醒、甚至绝望的认识。他有关《格列佛游记》的评论,是否源于这种"觉醒"而使之与斯威夫特

---

① 乔治·奥威尔:《政治与英语》,郭妍俪译,江苏教育出版社2006年版,第235页。

② 斯威夫特:《格列佛游记》,张健译,人民文学出版社1979年第2版,第1页。

③ 爱德华·W.萨义德:《世界·文本·批评家》,李自修译,三联书店2009年版,第131页。

有了某种同调之感呢——奥威尔在文中曾提及"斯威夫特的政治忠诚与其最终绝望之间的内部联系"①？斯威夫特曾长期卷入英国革命后的政治，最终离开政治中心伦敦，返回爱尔兰。从《格列佛游记》这部小说来看，他似乎比同时代人、甚至众多能有后见之明的人都更早、更好地觉察了现代政治的本质。这部小说起笔于1721年，英国革命胜利之后的第三十二个年头；小说主人公格列佛，迫于"生意渐渐萧条"②，上船做外科医生，远航东、西印度群岛的探险生涯的起始时间，是在1690年，即"光荣革命"次年。这些时间点似乎暗示了斯威夫特对革命后英国的感受。

生活于20世纪现代国家成熟年代的奥威尔的"愈益觉醒"，或许使之对有关现代国家之诞生及其本质的另类叙事，产生了浓厚兴趣。《格列佛游记》正属于这一另类叙事，是最早反思现代国家的伟大著作之一。

---

① 乔治·奥威尔：《政治与英语》，郭妍俪译，江苏教育出版社2006年版，第205页。
② 《格列佛游记》，前揭，第4页。

第一章　飞岛之国:技术理性与现代国家

1.《格列佛游记》的核心问题

利立浦特,俗称小人国,是《游记》记叙格列佛游历的第一个国家。利立浦特人民聪明、敏捷、有经济头脑,一般认为斯威夫特拿它来影射英国人。利立浦特的皇帝,据认为有着英王乔治一世的影子,是一位崇尚学术、尤其提倡和鼓励数学与机械学的君主。斯威夫特对革命后英国的态度,由其所描绘的小人国之"小"可见一斑——在他笔下,大小不仅涉及规模,而且关乎价值的高下。只是小人国并不自觉其"小"。请看在他们自己眼中的国家及其君主的形象:

> 领土广被五千布拉斯鲁格(周界约十二英里),边境直抵地球四极;身高超过人类的万王之王;他脚踏地心,头顶太阳;他一点头,全球君主双膝抖战;他像春天那样快乐,像夏天那样舒适,像秋天那样丰饶,像冬天那样可怖。①

小人国的这一自我形象,令人想起霍布斯《利维坦》封面所绘的"利维坦":王冠顶着天穹,腰部冒出地面之上——脚自然踏着地心;傲视群伦,自视为世上唯一之神。这正是刚登上历史舞台的现代国家的源初形象。

这个以"利维坦"自居的国家,人尽管小,野心却"无法测度"。② 皇帝老想着如何利用天降"巨人"格列佛,以实现其征服邻国不来夫斯古、进而称霸全球的野心。看来,小人国,皇帝之见"大人",不仅未能自见其"小",而且还一意于谋求利用"大",以服务于其"小"。格列佛对皇帝要求的拒绝,直接导致了他的生存危机。布鲁姆这样评论道:

---

① 《格列佛游记》,前揭,第24页。
② 同上书,第32页。

解决格列佛危机的方案是市民社会利用天才的标准:他被弄瞎双眼,这样,他能维持他的力量,但又能被政治权威轻易地利用。他将成为一个瞎眼的巨人,对他所服务的目标茫然无知,仅仅在实现这些目标的手段上出力而已。①

小人国与"巨人"格列佛之间的约定,本之于现代国家的契约理论:格列佛无条件地为小人国所用,以换取其在国家中生存的"权利"和"自由"。小人国利用"巨人",主要为了对付不来夫斯古国(即"约定"第六款之要求),无奈格利佛有其自身的立身之道,在帮助小人国阻止来自不来夫斯古的海上入侵之后,拒绝了皇帝进一步征服不来夫斯古的要求,遂使彼此之间的约定遭到破坏。

使一切成为能为己所用的"资源",本是现代人对待世界的一种基本态度,霍布斯视之为"基本人性"。现代国家之成立,便是以彼此之需要或利用为基础的。② 小人国,作

---

① 阿兰·布鲁姆:《巨人与侏儒》,张辉选编,秦露等译,华夏出版社2003年版,第359页。

② 现代人往往遗忘了他们所认为的"天赋的"自由和权利的起源:在通常状况下,人作为自由的公民比作为无条件的工具即奴隶能更好地服役于国家。公民与政府之间的诸多"误解",往往由此而来。

为现代国家的象征,以此来对待格列佛,似乎也无可厚非。只是见识广博的格列佛似乎特别将这视作"小人"的特性——"对近处的东西有着敏锐的视力","可是看不多远"。① 换言之,小人们精明、灵巧,明察秋毫,却拙于远见。他们以自己的尺度裁量世界。最终决定弄瞎巨人的双眼,使之盲目,意在让小人们的视域成为唯一的或普遍的视域。因为,巨人和小人的视域倘若不一致,前者就难以充分地为后者所利用。

在小人国这部分中,英国有时被直接提及,此时,小人国就不再作为英国的影子,而是作为一面与之相对照的镜子。譬如,格列佛在谈及小人国独特的法律和风俗制度时,提到他们为了防止告密成风,严禁"风闻奏事",并意味深长地说:"但愿我们也能执行这些法律"。② 这是小说家假托和讽喻的手法,所写并非小人国的实情:因为即使曾经有过这样的法律,小人国的财政大臣后来照样诽谤格列佛里通外国;即使法律规定忘恩负义要判死罪,但上自皇帝,下至大臣,对格列佛仍然不免十足的忘恩负义。

《游记》的前两部分即小人国和大人国,分别对应于现

---

① 《格列佛游记》,前揭,第36页。
② 同上书,第37页。

实中的现代国家(英、法)和历史上的古代国家(斯巴达或罗马),殆无疑问;对于它们,格列佛的褒贬也显而易见,评论者通常对此并无太大异议。争论主要集中于第三、四部分,不少论者认为斯威夫特在此表现了诸多矛盾和不一致。奥威尔的评论颇有代表性。他认为斯威夫特在第三部分托名为兰敦的地方,极富远见地预言了一种几乎令人感到身处苏联"大清洗"的政治,抨击了一种近似于现代极权主义国家的现象:

> 在这样的国家中,有无数的异教徒纠察者和叛国审讯,而所有这一切的安排都是为了压制大众的不满,使之变为一种战争亢奋。①

在奥威尔看来,这是斯威夫特对政治思想的最大贡献;但是,令他感到困惑的是,斯威夫特在第四部分却借格列佛之口,不遗余力地推崇慧骃国,而后者在奥威尔看来,"已经发展到了极权组织的最高阶段"。② 因此,奥威尔以为,斯威夫特虽然厌恶警察国家式的硬性极权,却对软性极权如慧骃

---

① 乔治·奥威尔:《政治与英语》,郭妍俪译,江苏教育出版社2006年版,第217页。
② 同上书,第221页。

国者,全然缺乏警觉。他把斯威夫特思想中的这种"矛盾",归咎于其思想的"反动"——就像我们时代无数"愚蠢的聪明人保守分子一般","擅长通过诋毁一切'现代'而'进步'的事物来开一些体面的玩笑"。①

奥威尔不是保守主义者。尽管同样质疑现代政治,他对现代国家的反省却与斯威夫特异趣:并非基于古代理想,而是很大程度源于其本人的政治经验。他赞赏斯威夫特的"疑今",却不认同他的"尚古"。《格列佛游记》另一著名评论者布鲁姆与奥威尔不同,他更接近斯威夫特。布鲁姆指出,慧骃国并非象征现代国家极致形态的极权国家,而是代表了可以作为现代人之权衡标准的古代"理念"。布鲁姆认为,小人国(I)与大人国(II)、勒皮他飞岛等国(III)与慧骃国(IV),构成两两对照的两组"古—今"关系。见下表。②

	今	古
政治实践	I. 现代政治实践(英、法)	II. 古代政治实践(罗马或斯巴达)
政治理想	III. 现代哲学对政治实践的影响	IV. 以古代乌托邦政治为标准,判断现代人

---

① 乔治·奥威尔:《政治与英语》,郭妍俪译,江苏教育出版社2006年版,第207—209页。
② 阿兰·布鲁姆:《巨人与侏儒》,张辉选编,秦露等译,华夏出版社2003年版,第352页。

相较于奥威尔,布鲁姆与斯威夫特更同调,他的理解也更贴近小说本身。透过"古—今"视角,人们可以更好、更全面地理解斯威夫特及其《游记》。但是,尽管他们对慧骃国褒贬各异——一视之为现代国家发展之极致的极权统治,一视之为古代理想的象征,却都把刚经历慧骃国且沉溺于其有关慧骃的梦想而愤世的格列佛,等同于斯威夫特本人,并以之为《游记》的终极立场,从而以此时的格列佛的态度,来评判斯威夫特。

在此,尚有不少问题值得我们进一步深究:(一)小说第三、四部分之间的关系,是否如第一、二部分那样,仍是简单的古今对比;(二)格列佛的终极立场究竟是什么——如果可以将之与斯威夫特本人合二为一的话?

2. 飞岛国的"统治艺术"

第三、四部分之间的关系,是准确理解《格列佛游记》的第一个关键问题。

小人国、大人国故事,雅俗共赏,大人国、小人国甚至长期被当作整部小说的代称。但是,笔者以为,第三部分飞岛诸国和第四部分慧骃的故事,才是《游记》的真正核心。① 布鲁姆以"古—今"视角观《格列佛游记》,大致不差,只是第三、四部分本身及其关系的复杂性,还没有在他的解释中得到充分揭示。视第三部分为"现代"象征,虽大体不错,但从对勒皮他飞岛及其属地的描写中,或从其所呈现的"权力—知识"关系中,也明显可见其与古代思想(尤其柏拉图思想)之间的渊源关系。弥漫于勒皮他人生活中的天体、几何形状和乐器图形,以及上自国王,下至贵族,只感兴趣于数学和音乐,都不免令人想起柏拉图《理想国》中的哲人王教育:在"前辩证法"阶段作为通往最高学科即辩证法必经之路的几何、天文与和声学。勒皮他飞岛,这个"云上之国",貌似一个"心思都用到沉思默想上去了"②的古代哲人国家。只是斯威夫特通过他的描写,试图唤起对于古典思想(尤其柏拉图思想)的回忆,却并非仅仅意在彰显古今之间的单纯关联或简单对立,更是为了显示两者之间极其复杂的关系:古今之畸变及其根源。

---

① 《格列佛游记》的第三部分往往不受重视,有人认为这一部分杂乱,斯威夫特仅仅想讲一些笑话。忽视这一部分,是错失《格列佛游记》的真正写作意图的主要原因。从时间上看,飞岛期间(1707年下半年)正是格列佛整个旅程的中点。格列佛自1699年5月4日受普利查船长之邀,乘"羚羊"号去南太平洋开始其旅程,至1715年12月5日从慧骃国返回唐兹结束,虽然如作者自述时间常有淆乱之处,但是,前后加起来也的确如小说中所写,计16年零7个月。

② 《格列佛游记》,前揭,第124页。

其实,从古典思想的视角看,勒皮他飞岛与其说是一个古代哲人的国度,毋宁说是一个前哲人国家。飞岛哲人的兴趣,止步于《理想国》哲人教育"前辩证法阶段"的数学和音乐,并未包含其最后、最高阶段的"辩证法"。因此,称勒皮他飞岛是"正统柏拉图信徒的王国"①,显然是不正确的。与其将勒皮他飞岛视作脱胎于古典,或者,由"古"发展而来的或畸变的产物,不妨反过来,视之为古典思想形成过程中的某个环节,甚至一个前古典的阶段,是否更恰当一些呢? 由此,古今问题或许就不能被简单地看作时间上的先后关系,或者,主张进步还是倒退、前进还是反动的问题。

柏拉图《理想国》中的"哲人"本质上是"哲人—统治者",精通治国技艺。相较而言,勒皮他飞岛哲人则完全缺乏政治技艺。这些哲人,一只眼睛朝着里面,一只眼睛笔直朝着头顶,外衣上绣了日月星辰以及各种乐器的图案。他们的心灵完全灌注在沉思上面,要与他们说话,需要靠身边的仆人用装满了石子的球囊来扑打他们的嘴巴和耳朵,才能引起他们的注意,否则,他们就视而不见,充耳不闻。这些人的形象不禁让人想起阿里斯托芬《云》里尚未"下凡"的苏格拉

---

① 巴雷特:《非理性的人》,段德智译,上海译文出版社2007年版,第127页。

底——仰视日月星辰,俯察草木鸟兽,整日"凝神沉思",惟独对人间事务毫无兴趣。

就像《云》里的苏格拉底被赛马爱好者斐狄庇得斯所鄙视,飞岛哲人也很被更"喜欢激情而不喜欢纯粹理性"①、总想"下凡"的飞岛女人所鄙视。这似乎表明,飞岛上俗人不少,他们不甘不愿地过着"云上的日子",而飞岛哲人并没有掌握吸引俗人尤其女人的技艺。相反,柏拉图式的政治哲人则精通这一技艺:在《会饮篇》中,哲人被称作爱欲大师;在《理想国》或《政治家》中,哲人与战士的关系,往往类比于情人,低于哲人的战士或政治人,被喻作女人、孩子,需以神话和故事来吸引和驯服。换言之,柏拉图式的政治哲人必需掌握一套处理与战士关系的言说技艺,而此种技艺在飞岛哲人那里则完全付诸阙如。至于个中原因,是他们确实没有能力发展出处理比他们更低(俗)的女人和孩子的技艺,还是根本不想有此技艺?

在勒皮他飞岛哲人身上找到青年苏格拉底的影子,并不难,难的是:飞岛哲人,倘若作为现代哲人的象征,那么,这种"现代"朝青年苏格拉底的"复古"的根源究竟何在? 这也直

---

① 巴雷特:《非理性的人》,段德智译,上海译文出版社 2007 年版,第 128 页。

接关系如何理解现代国家之本质的问题。或许,对这一问题的探索才是斯威夫特的真正用意。

飞岛,名勒皮他(*Laputa*)。*Lap* 古义为"高"(high),*Untuh* 训做"统治者"(governor),Lapuntuh 讹为 *Laputa*,意谓"高高在上的统治者"(high governor)。飞岛对下界采用的是一种非接触、绝对和无条件的统治,换言之,这不是"平等者"之间的,而是高者对低者、上者对下者的统治,就好比天界之神对下界凡人的统治。显然,这不可能是一种真正意义上的政治统治。飞岛哲人之所以毋需像苏格拉底那样"下降",毋需"情人"——护卫者,似乎可以在这种"上—下"的态势中得到解释:他们总能凌驾于"凡俗"之上,而下界对他们却几乎无法构成根本威胁,因之,"他们甚至不必因为恐惧发展出一套真正的政治才能"。① 换言之,飞岛哲人不具备如何建立与低于他们者的真正关系的技艺的根源,在于他们根本无此需要。

古代自然哲人,如青年苏格拉底,也曾想超凡脱俗,坐在

---

① 阿兰·布鲁姆:《巨人与侏儒》,张辉选编,秦露等译,华夏出版社2003年版,第361页。但是,布鲁姆说,格列佛对拉格多的批评,并没有给人留下深刻印象(上揭,第361页)。布鲁姆似乎忽略了格列佛在拉格多的"回忆"以及在勒皮他飞岛与模仿它的拉格多(和与格勒大锥、拉格奈格)之间关系的重要性,在这些地方不仅暗示了现代与古代之间的关联,而且暗示了现代偏离于古代的某些重要根源。

一只篓子里，升到半空当中，潜心冥想，但是，这只是一种缺乏实际技术支撑的超脱尘世的哲人之梦。自然哲人虽然未必想拉着俗人一起飞升，却也难逃俗人的鄙视乃至干扰。飞岛哲人则与此不同。他们利用某种知识——不复为古典哲人的与人事相关的伦理或政治知识，而是现代自然科学（技术），"凌驾"于属民之上，从而可以安然地过他们的沉思生活。在勒皮他飞岛，自然科学（或技术）直接成为统治权力的基石。飞岛哲人只需凭靠科学技术，便能君临于臣民，故毋需追求古典哲人的政治智慧或古典政治哲学，更不必像柏拉图式城邦哲人，需要精通修辞以吸引并非如他们一般长于理性而是为激情所主宰的飞岛俗人，他们的修辞术贫乏到了甚至难以恰当地指挥技术工人——他们的指示过于精巧，工人无法理解，以致飞岛上的房子都盖得很差劲。

飞岛国故事的意义不仅在于指出古今之差异，尤其在于揭示了两者差异的根源。由飞岛可见，是现代科技的发展造成了与柏拉图《政治家》中所述"历史"线索的反向发展：似乎不再是由黄金时代的神的统治向着人的时代的技艺政治的嬗变，而是相反，倒是由技艺政治，退向黄金时代的神的统治。飞岛哲人与其下界属民的关系，好像返回到了黄金时代的神与人（以及与万物）之间的关系——只是，这真的是一种神与人之间的关系吗？

斯威夫特的故事，不只是简单展示了这一逆向的发展，也细致呈现了以现代技术为基础的现代"神"与古代自然力量之神的差别。不同于古代传说中给予阳光雨露以养育人类、滋养万物的黄金时代的诸神，飞岛哲人的本事仅限于遮天蔽日，阻挠阳光、雨水之抵达下界。他们的力量不在于"养育"，而在于对"养育"的"截留"和"破坏"。换言之，知识或技术赋予飞岛哲人的，是一种可以任意伤害下界却难以为下界所伤害的权力。凭借这种消极的、破坏性的、近乎能够无条件害人的力量，他们想象自己如神一般统治着下界，握有要求下界无条件服从的绝对权力，甚至拥有像日月星辰那样不言而行的权能。

这不就是霍布斯的"利维坦"吗——能在海面掀起狂涛巨浪、招来海啸风暴、引发无尽灾难的海上巨兽，凭此"害人"的能力，使人不得不恐惧而畏服？而且，"利维坦"的权能也同样并非如古代诸神那样源于自然，而是出自人为——一个人造国家。霍布斯于其著作中论证了"人造巨兽"存在之必要性，但对"巨兽"之力量何以如此巨大，以及如何"人造"则秘而不宣。不同于马基雅维里，霍布斯闭口不谈后者频繁讨论的主题——统治术（不论君主国的"君人南面之术"，还是共和国的所谓"治理术"）。或许正是因为这个"利维坦"（现代"理性—恐怖"国家体系）所内在要求的，乃是一种与之相称的统治术,而马基雅维里讨论的古代或传统的统治术早已不敷运用。霍布斯赋予"利维坦"的超级权力要求,使后者求诸现代技术控制成为必要,或许,也可以反过来说,现代"利维坦"诞生的历史或物质条件,正是现代科技的发展;否则,我们难以想象这种远超出人力——甚至所有人之合力——且能反身作用于人类的、从事于全面和绝对控制的国家权力的存在。此种全方位、非人之人造力量,惟有在现代科技条件下才有可能成为现实。因此,作为一位现代哲人,霍布斯不失明智和远见,不以长于政治哲学甚至古典学问,而是以数学而自负。数学才是一切现代科学和哲学的基础,才是"利维坦"这一现代政制的基础。而斯威夫特把霍布斯与笛卡尔、牛顿相提并论,对此可谓洞若观火。

在霍布斯的政治学说中,统治权无关乎具体个人的欲望和技艺,而是源于客观(人群的)需要,因而是抽象、中立和普遍的。他所构想的这种"统治权",是现代国家的"理想形态"。斯威夫特则用他的笔赋予了这个"理想形态"以生动的形象和丰富的色彩。飞岛哲人是"理性"统治者的化身:缺乏色欲;虽不乏政治激情,却主要由一种旨在使万物合序的"求知欲"所主导。后者是一种理性的"欲望":对于纯粹有序的、阻止任何混乱和无序产生的纯净的、高科技的人造世界的"欲望"。飞岛哲人的统治似乎并非出自"权力欲",

而是技术控制的客观要求的产物。在知识或技术进步的理性过程中,古老的、被视作邪恶的权力欲,也好像得到了"净化",并最终为求知欲和知识进步动力所取代。这正是霍布斯以人为的理性秩序,"净化"——秩序化——无序的自然欲望的本意。斯威夫特的飞岛故事之于现代政治思想的重要意义在于形象地预告了现代"利维坦"的真正权力基础——"在这里,历史上第一次出现了僭主不是建立在无知,而是建立在科学基础上的可能性。"①

看来,这就是现代早期那句著名口号——"知识就是权力"——的实现。那么,这不也是古典政治哲人的梦想——将权力建立于知识之基础上,以真正的知识引导权力的运行的实现么?现代科学技术的发展,似乎不仅使这一古老的哲人之梦成为现实,也使古典政治哲学的恍兮惚兮的、非科学性的"幻想"变成多余和过时了的东西。现代科技似乎让人类找到一条解决古代政治难题的道路:不是凭借政治或实践,而是凭借技术。换言之,技术发展将使人类不必将基于自身灵肉之有限性的"自制"和"审慎"作为基本的政治条件,而是得以直接地、大胆地模仿神造国家。这样一条道路

---

① 阿兰·布鲁姆:《巨人与侏儒》,张辉选编,秦露等译,华夏出版社2003年版,第361页。

岂非比古代政治哲人探索神性智慧、发展政治技艺更可靠也更简捷易行？对人的技术控制将使人的政治关系成为多余，并取后者而代之。于是，飞岛哲人看起来摆脱了《理想国》中永恒的哲人难题：既握有绝对的统治力量，又能一心一意于他们的"沉思"，换言之，既是神圣的王者，又是超脱的"沉思的哲人"；总之，凭藉着技术，他们既统治了又摆脱了被统治者。

现代技术力量的出现，是否意味着人类自古典时代以来，首次走出"政治技艺的时代"，意味着一个神的统治的时代的重新降临，政治哲人又将复归于自然哲人？① 但是，斯威夫特告诉我们，古代诸神统治与现代人造神——利维坦——统治这两者之间的类似只是表面上的。其实，与自足和安宁的神或追求自足和安宁的古典哲人不同，飞岛哲人整日里"担惊受怕，既不能安眠，对人生最普通的娱乐也觉得没有什么意思"②，根源在于这两种力量的基础并不相同。神的力量或安宁源于自身固有的德行或力量，古典哲

---

① 斯威夫特似乎预见了现代思想的发展。不难看到，至少降至19—20世纪，西方哲人重拾前苏格拉底哲学或自然哲学，已蔚然成风。至于这是对现代技术主义的抗拒，还是进一步深化，这些更为复杂和根本的问题，已超出了本文的范围。

② 《格列佛游记》，前揭，第129页。

人源于他们所追求的内在德行或力量,而飞岛哲人的权力或力量则完全建立在关于外部物理世界的知识及操纵它们的技术的基础之上。古代哲人的求知旨在自我认识,其结果乃是求知者自身的充实、丰富与强大。与之构成对照的是,现代哲人向外求索和征服的对象,乃是永恒"运动"的现实,而这只能使他们更深地意识到所倚赖的物质世界的变动不居和易朽性:飞岛的金刚石底部再坚硬,也会因快速撞击而损毁。对外部世界运行法则的掌握和利用的技术,不仅不会内化为他们自身的力量,而且相反,进一步加深了他们对外部世界的依赖。况且,这种知识或力量,还可能被下界属民掌握和利用,因此,为维持相对于后者的技术优势,就必需不懈追求新技术,技术优势的丧失可能直接意味着统治权的丧失,这使他们"总是惶惶不安,得不到片刻的安宁"。①

由此可见,勒皮他飞岛并非古典的"理想国",而是现代国家的"理想国"。它就像一幅设计蓝图,以对技术——传统统治术,但主要是现代科技——的巧妙利用,造成所意欲的规划和秩序,而凭藉着技术的持续进步,似乎总是能够在一切细节方面,趋于完善,与之相反,古典的

---

① 《格列佛游记》,前揭,第129页。

"理想国"却更类似于一首引导人的灵魂转向或"革命"的戏剧诗。

3. "下降"的古今差异

在小说第三部分中,斯威夫特着意于戏仿古典思想,以彰显古今哲人在根本上的差别。类似于古典哲人的"下降",他也描绘了一种"下降"——尽管不是飞岛哲人的:

> 大约四十年前,有人因为有事,也许是为了散散心,到勒皮他上面去了。他们在上面住了五个月,虽然只带回来一点一知半解的数学常识……回来以后就对下方一切事物不喜欢起来,他们开始计划为艺术、科学、技术另创新的规模。为了达到这个目的,他们……在拉格多建立了一所设计家科学院。①

拉格多是勒皮他飞岛下界属地巴尔尼巴比岛的首府,也是勒皮他飞岛在下界大地上的首都,据说是影射伦敦。科学

---

① 《格列佛游记》,前揭,第 140—141 页。

自勒皮他飞岛向拉格多的下降,很像古代自然哲学从天上到地上的"下降",只是后者导致了古典政治哲学的诞生,那么,现代自然哲学(自然科学)的"下降",又会弄出一些什么东西呢?

首先,这是一种模仿:拉格多把勒皮他飞岛视作一幅"蓝图",引入它的原则——将权力建立于知识之上,并力图通过技术进步实现之。但是,知识一旦"下降",就发生了变化。作为飞岛哲人"安身立命"的物质或技术基础的使飞岛能够凌驾于大地之上的磁场技术,对生活于大地上的人毫无意义。①

对拉格多来说,重要的是获得并奉行飞岛的技术统治的意识形态,至于后者的"纯粹科学"——数学和音乐,一旦降临大地就会变得驳杂不纯。"道术为天下裂",模仿而来的知识或技术分门别类,便有了各门学科和专业。格列佛告诉我们,拉格多的科学研究分为三个门类:应用技术研究、哲学人文科学研究、政治科学研究。应用技术研究包括诸如从黄瓜中提取阳光的生物能源或清洁能源技术、使粪便还原成食物的食品科学、从房顶开始建筑的建筑科学、校正地球和太

---

① 尽管这里也暗含了斯威夫特对未来的极为天才的预见:对统治权的追逐,最终将取决于上升于空间的高度,于是,人类似乎终究是不能不一路打到九天上去的。

阳运转的宇宙空间科学,等等。

应用化是飞岛上纯粹科学降至拉格多后的重要后果之一。斯威夫特写拉格多科学院建立后,"全国遍地荒凉,房舍倾圮,人民缺衣少食"①,或许只能说是对他那个时代的爱尔兰现实的写照。平心而论,书中带着强烈嘲讽语气提及的各项科学研究,后来大多成为现实,尤其是磁场技术和脑科学,或许将使权力操纵人的内心和思想的永恒的统治者之梦成为可能。

在拉格多科学院中,最值得注意的是政治科学研究。这是一门飞岛人不需要从而不必有的学科——他们只需掌控技术即保持飞岛相对于地面的高度便足以维持其统治了。拉格多尽管摹仿飞岛,将统治权建立于科学技术上,却不可能像飞岛统治者,高高在上,难以为被统治者所企及。统治者和被统治者生活于同一个层面和高度,就产生了严重的政治后果:不仅无法被视作自然地高于被统治者的存在,还有遭到后者威胁或伤害的可能——飞岛下界属民对飞岛的反抗,采用的正是利用磁场技术使之坠落、从而与自己处于同一高度的办法。换言之,拉格多统治者还无法做到单纯依靠技术,让自己得到彻底的安全,并且使被统治者的安全,也完

---

① 《格列佛游记》,前揭,第141页。

全取决于统治者。因此,不同于飞岛统治者与其属民的关系,拉格多统治者的统治地位还有可能受到威胁,统治者与被统治者之间还处在结局未定的"战争"中。换言之,在与被统治者一同生活于大地、却谋求永久统治的拉格多统治者眼中,被统治者仍然没有摆脱被其视作对其统治权具有或可能具有真实威胁的"敌人"的身份,亦即,后者依然需要被当作"敌人"来对待;敌友问题,或某种意义上的政治,仍然存在。

自古以来,一切尚未具备飞岛的技术能力,德行才能又非绝对高于被统治者,却一心维持其绝对权力地位的统治者,就难免会像拉格多统治者那样,从事于和被统治者之间的永恒战争:以之为敌,公开或秘密地对之宣战,不管后者是否有其意愿,也不管后者是否真的挑战了前者的权力。只要统治者无法获得统治的绝对安全,被统治者就必然被纳入统治者所设定的战争中。这既是防微杜渐、防患于未然的安全需要,也是统治者正当性需求的权力游戏,以证明其权力的伟大和权术的高明。[1]

---

[1] 马基雅维里曾揭示过统治者此种心态,指出那些君主,即使已得到民众的拥戴,从而少数人的阴谋叛乱必定无法对他们构成威胁,却还是一有机会,就诡谲地树立某些"仇敌",以便将其制服,让自己显得更加伟大。参见尼科洛·马基雅维里:《君主论》,潘汉典译,商务印书馆1985年版,第88、89、101页。

于是，拉格多统治者的不安便不同于飞岛哲人。后者源于物质世界自身的易变性和易朽性，前者则主要源于其身处被统治者之中，源于他们——无论在德行还是技术上——都没有获得相对于被统治者的绝对优势却又欲永霸权力的绝对要求。因此，和勒皮他飞岛哲人只需纯粹科学和技术、不必具有政治才能不同，他们还多少需要后者作为技术缺陷的弥补。

在一切形式的战争中，知己知彼对任何一方的常胜不败至关重要。倘若被统治者完全处在明里，其一言一行乃至所思所想，统治者都能洞若观火，亦即被统治者对他们全然是透明的；反之，统治者自己相对于被统治者而言则全然处于黑暗之中，无隐无形，甚至连公开的身份都不必具有，①那么，两者的"对抗"——只是就统治者一面来看，被统治者本无意奉陪这种对他们来说的必败"战争"——的结局自然不言而喻。因此，使被统治者成为"全透明"，便是统治者所念

---

① 对于隐身的政治，柏拉图《理想国》中著名的古各斯魔戒的故事，可谓触及其核心。在某种程度上，现实政治可以被看作争夺隐身魔戒（即权力）的斗争。权力凭借权力本身，使自身隐形，使对象现形。现实政治的本质，便是这种示诸无形、行诸无痕的活动。看来，柏拉图式的政治哲学，比后世的满足于对被给予现象进行所谓量化实证研究的政治科学，对政治之"事实"有更深的认识。

兹在兹者。①

只是要实现这个梦想,困难重重。众所周知,人心乃是天下最神秘莫测、变幻不定的东西,虽然古今中外的统治者无不把探测无论近在身边的臣僚,还是远在天边的草民的心思,视作无论在战争期间还是和平时期手头的第一要务,只是他们的手段通常很有限,不具有多少技术含量,无非靠增加人数,层层掩护与伪装,挑起不和与争端,形成人人自危、不安于事的氛围……格列佛在拉格多科学院向政治教授提供的在垂不尼亚王国或兰敦等地的"见闻",不过指出了这一古老技术:

> 那里的人民大部分是侦探、见证人、告密者、上诉人、检举人、证人、发誓控告人和他们的爪牙。……在这个王国里,制造阴谋的人大都企图抬高自己的大政客身

---

① 有权与无权,或者,统治与被统治的差别,可以形象化为看与被看的差别。在威廉斯看来,被看透而产生的羞耻感,在根本上源自权力的丧失:"羞耻的根源并不是如此依赖被观察到的赤裸本身,而是别的东西,只是在大多数文化中,但也并非所有文化中,被观察到的赤裸是它的强烈表现形式……羞耻的根源在于更一般意义上的暴露,在于处于不利之中:我要用一个非常一般的短语来说,在于权力的丧失。羞耻感是主体在意识到这一损失时的反应。"(威廉斯:《羞耻与必然性》,吴天岳译,北京大学出版社 2014 年版,第 184 页)由此,无权状态才是一种本质上的可耻状态。

> 份,使一个摇摇欲坠的政府恢复元气,镇压或者转移群众的不满,把没收的财物填满自己的口袋,左右公众舆论尽量满足个人私利。①

垂不尼亚王国(Tribnia)或兰敦(langdon),一般认为影射英国(Britain)或英格兰(England)。② 其实不必英国,这些手段自古以来,所在多有。从人类的历史来看,格列佛的"见闻"平淡无奇。这些手段除制造全面恐怖气氛外,效果一般有限,尤其当人们意识到遍地"侦探"时,掩饰或伪装便成为"第二自然"。

拉格多对这一政治难题的解决之道是革命性的,它引入了来自飞岛的新原则:借助新科学或新技术,从根本上解决探测人心这一难题,以一劳永逸地消除来自被统治者的任何可能的威胁。拉格多科学院的政治科学教授向格列佛介绍了这些新技术:

> ……看他们吃的是什么,在什么时候吃饭,睡觉时脸朝哪边,用哪一只手揩屁股;严格检查他的粪便,从粪

---

① 《格列佛游记》,前揭,第152—153页。
② 绥夫特:《格里弗游记》,单德兴译注,台北联经出版公司2004年版,第284页,注19。

便的颜色、气味、味道、浓度、粗细以及食物消化程度来判断他们的思想和计划。因为人们再没有比在拉屎时思考更为严肃、周密而集中的了。这是他多次进行实验找出来的真理。他在盘算怎样才是杀死君王最好办法时,粪便就会变绿;如果他一味在想如何煽动叛乱或者放火烧毁京城,粪便颜色就大不相同了。①

这里所枚举的种种新技术,主要是透过对人的物质身体状况的科学检测,以了解人的内心和思想,其优点是避免了依赖于人的言辞、文字的传统办法,从而得以克服被探测对象的有意识的作伪和欺骗。如果以为在此,斯威夫特只是逞其讽刺、挖苦的文笔,可能会忽视这里所说之事的真正价值。粪便之类的鄙事,历来为思想者所忽视或鄙视,却似乎最让斯威夫特重视和感兴趣。在"大人国"部分结尾时他已写道:"虽然这些事不管在卑下、粗俗的人心里觉得多么无关紧要,但必能帮助哲学家拓展思考和想像,并善加运用,以利于公众和个人生活……"②斯威夫特在其早年所作的《木桶的故事》中也指出,日常生活会影响伟人的思想,进而引发政

---

① 《格列佛游记》,前揭,第152页。
② 绥夫特:《格理弗游记》,单德兴译注,台北联经出版公司2004年版,第136页。

治、思想或信仰上的巨变。他的意思并非单纯指通常所认为的人的思想受到物质环境的影响,而且指物质可以直接变成思想。拉格多科学院有一项重要研究,就是利用实际的、机械的方法,让哪怕"最愚蠢的人只要付出相当的费用,作一点体力劳动,就可以写出关于哲学、诗歌、政治、法律、数学和神学的书籍"①,譬如,让孩子吞食写有数学命题和证明的饼干,从而使数学知识刻写于他们的头脑之中,等等②。小时候,每读到此,就很想能得到这种饼干。今天看来,可以直接穿透人体的电磁或射线,或许比饼干更具可行性。物质既然可以变思想,那么,透过物质的技术表现,如对屎尿之类鄙物的检验,还原或回溯人的思想,就并非不可能。总之,在权力者看来,思想不过是一些实际效果,那么,将其与能够造成同样效果的物质力量相提并论,甚至替换,有何不可呢?

倘若统治者于德性才能上并无过人之处,既无法像神一样,就其自然而言高于人,也无法像飞岛哲人那样,就其技术而言高于被统治者,那么,要凌驾且永远凌驾于被统治者之上,探测人心之术就不能不是关键。僭政不论古今,概莫若此。所不同者在于,科学技术的进步,或许将使探测人心这

---

① 《格列佛游记》,前揭,第146页。
② 同上书,第149页。

一古老难题,迎刃而解。替代飞岛统治者与其属民的"高一下"的权力态势的,是拉格多的"明一暗"的权力态势,后者作为对拉格多统治者统治权的可靠保障,是对欠缺飞岛"君临"技术的一种政治的和技术的补偿。正是技术使人,准确地说,统治者,拥有类似神明或上天般的能力——装上了千里眼和顺风耳,还配备了读心术。这样,远古以来的像神那样任意摆布和操纵他人的凡人之梦,或许终于能够变成现实。

4. 技术政体:一种全新政体的诞生

斯威夫特有关飞岛和拉格多的故事,不应单纯被当作科幻故事来看,而应被看作是对一种全新政体之降生的宣告:知识(或更准确地说,技术)政体,一种在原则上并非以政治技艺而是以科学技术为统治基础的政体。无论飞岛还是拉格多,这些面向未来的现代政体的重要特征,都是试图借助现代科技手段,一劳永逸地解决统治基础这一根本问题。之所以称其为全新政体,是因为它完全超出了传统的政体分类。

斯威夫特对飞岛(理想型)或拉格多(模仿者)这种全新现代政体的描述,同样被放置于"古今"框架之中。在柏拉图对话录《政治家》中,我们也可以发现一种被称作"知识政体"的政体,它由像神一样全知全能的哲人统治着,被视作唯一一种真正的或理想的政体。"飞岛政体"似乎与之类似,被一群掌握知识的科学家所统治,同样称之为"知识政体",看来并无问题。只是对谙熟柏拉图著作的斯威夫特同时代人来说,不难意识到其间的古今差异。《政治家》中的"知识政体",所谓"知识"指的是人的德行之知,而鉴于人的有限性,德行完美乃是人所永远不可企及的理想,因此,《政治家》的核心要义在于,不论是神、还是完美哲人的统治,都不是人间政治所能祈求的。该对话以一种历史哲学话语,指出神已不再直接掌控人类命运,人类对共同生活的维护,唯有依靠政治技艺;而且,即便曾经有过完美哲人,也早已不在这个世界,人类只能借助他们残留于人间的点滴智慧。因此,人的政治,只能是于德行才能上虽有量的却无质的差别的人的相互统治,只能是以政治智慧为基础的礼法之治。

飞岛政体所谓的"知识",不同于古典政治哲学的"德行之知"。它意指对于外部物理世界和被视作物质之存在的人的物性的认知及以之为基础的操纵技术。此种知识及其技术的完善乃是一种向外用力的、累积的因而可被视作稳定增长的过程,且伴随着这一知识的进步,人对外部世界和对自身的控制与操纵也就日渐全面、深入乃至彻底,由此得以逐渐取代不那么稳定且须依赖于更复杂的人性教化的古老政治智慧,从而最终对人的技术控制将取代以人性完善为旨归的政治实践。拉格多的科学研究虽然包含了物质的(或曰自然科学)、理论的(或曰哲学人文科学)、政治的(或曰政治科学)三大门类,但在本质上无非是技术在不同领域中的运用,甚至哲学、诗歌、政治、法律、数学和神学等在根本上也都从属于应用技术科学。现代政治和社会理论,自其起步之初便效仿自然科学,以对所谓事物本性(在此即人性)的认知为基础,并且借助对此种认知的巧妙利用或操纵,构建起有关政治和社会的秩序体系。在认知的进步——亦即所谓不断趋近真理——的过程中,理论体系亦不断更新换代,而相关联的应用性知识(技术)也在局部和细节上日增月长。这构成了现代政治思想发展的主要特征。

古典政治哲学的完美统治者的理想,以德行为核心,致力于统治者和公民德行才能的塑造和养成,其重心不在于政治统治术,而在于人的德行教化。古代或传统现实政体的主要问题,与"人类的通病"相关,诚如大人国国王所关注的,乃是权力在君主、贵族和平民等自然阶层或自然团体之间的均衡问题——斯威夫特将此视作自由国家的基础。而在现代知识(或技术)政体中,政治哲学的基本问题发生了根本变化。政治统治的基础和目的,既不像古代政体理想,强调人的德行才能的发展,也不像传统政体的现实目标,通过政治技艺使交往的不同政治力量达到某种均衡,而是靠凌驾于任何一种现实政治力量以及所有政治力量之总和的技术—权力统治。依靠技术的完美控制而非政治智慧和政治技艺,成为现代国家的统治理想。它谋求像神创制世界那样创制政治社会,营造出一个使所有人都将不得不为国家的绝对权力所摆布且无奈地处于后者意欲的任何一个位置的政治秩序,换言之,它谋求成为一种可以任意操纵人的神一般的权力,企图成为人类的新的命运之神。如果说,关于神的古代观念,可能形成一种顺从和安分的人生态度,那么,现代国家则决不以某种观念,而是以其直接的压迫力量或间接的操纵技巧,造成人的顺从和听命于摆布的实际后果,却无关乎他拥有何种观念,其结果自然是人对古老的精神性或观念性存在的全然失效的深刻体验。

这便是弥漫于《一九八四》中的气氛——麻木和听命于摆布,变成人的"天性"。渗透于小说字里行间的"绝望"情绪,与传统政体分类中的所谓"专制"已无甚关系——传统"专制"权力一般无意于对人的生活进行全面的操纵,甚至也耻于钻到他人的心里去;①也与信奉何种观念无关——事

---

① 传统的"专制"既然主要意味着一种"失衡",因而也从来不会丧失通过调整以重获均衡的希望,须知奥威尔生活于有着最悠久民主法治传统和政治均衡艺术的国家。

实上,大洋国统治阶层(如奥勃良)对人的自由观念的认知水准,绝不亚于人类历史上任何一个伸张自由权利的思想家;而是在于对科技进步及技术被无微不至地运用于统治的现实经验。人盯人的古老控制手段,很大程度上为无所不至的现代监控所取代,虽然两者于现实中通常并行不悖,但唯有现代技术,才能使权力的全监控理想成为可能。事实上,在此状况下,个人将不再作为一个社会阶层或政治团体(甚至家庭团体)中的一员而与其他阶层或团体(包括统治集团)相抗衡,而是如霍布斯所设想的,独自地、孤立无援地直面被掌控或操纵的"机器":一个抽象的、无影无形的、无所不在的"利维坦"。这个"利维坦"之所以"强大"无比,一方面乃因人被分割为孤立的原子使然,另一方面更因技术的运用,使肉身的人成为被"机器"所观察、琢磨、穿透和切割的"研究客体"。就像飞岛统治者不必接触其下界属民那样,技术使统治者日益脱离被统治者,全然远距离地、非接触地掌控、操纵、摆布现实中的任何一个人,后者就好比家用电器或屏幕上被游戏的对象,被遥控着,同时,凭借这种"脱离"技术和高高在上的空间优势,统治者们也拥有了相对于被遥控者而言的道德和知识上的优势。即使人类历史上最专制的传统政体,与之相比也会显得宽松无比。

在飞岛和拉格多故事中,斯威夫特时刻不忘与古典思想、尤其柏拉图思想相对照,意在彰显因技术发展及其相关意识所导致的政治主题自古典至现代的重大变化。可以设想,随着政治或统治的日益技术化,终会在某一天,统治者与被统治者之间将不复存在人身的联系,前者既不必于广场上直面公民,展示其思想、力量,也不必在方阵前列,展示其智慧和勇气,而只需——如飞岛哲人一般——隐身于一个深陷岛心的人造"洞穴"——深达一百码、点着长明灯二十盏,藏有各种仪器以及维系飞岛命运的巨大磁石——之中,手握各种遥控器。他们甚至只是自视为技术或知识的热心追求者,而非统治者——统治似乎只是掌控技术的一种自然结果。这个深陷于岛心的人造洞穴——科技控制的人造核心、飞岛上升之物质和技术基础,将成为对民众而言的无隐无形、难以理解、神秘莫测的绝对统治的秘密核心。人类的政治理想有史以来将首次不再寻求人性的上升,而是安于陷落——只有陷落,权力才能如此强大;政治权力将首次不是塑造于人与人之间的交往,而是产生于彼此隔离的、孤独的制造性活动之中——只有这种活动,才提供了支撑权力的可靠技术基础。

飞岛哲人将在空中建造起他们自己的以及别人的"地牢"!

格列佛于其游历途中,每每以自身作为"测量仪",献策于所在国,以衡量其统治者或人民的"大""小"、"高""下"。平心而论,格列佛闻诸垂不尼亚或兰敦的方法了无新意,完全谈不上具有技术进步性,却出乎意料地立刻赢得政治科学教授罕见"诚恳地""虚心接受"①,究其原因,只能说格列佛心知其意、有意为之的缘故。在拉格多,监控技术尚处于试验阶段,不足以满足监控所要求的彻底的机械化和自动化,因此,传统的监控手段多少还有用武之地。而在大人国,格列佛以火炮技术进献国王,并自告奋勇指导制造这种"可以一下子消灭一支军队"的"既便宜又普通的东西",其所受到的对待,则与在拉格多科学院时的截然不同。大人国国王在听罢格列佛的话之后,无比震惊,认为:

> 像我(引案:指格列佛)这样一个卑微无能的昆虫竟能有这样不人道的想法,谈起来还随随便便,似乎对于我所描写的那种杀人机器所造成的最普通的结果和流血破坏的情景全然无动于衷。他又说:最先发明这种武器的人一定是魔鬼之流,人类公敌。他坚决地说,虽然再没有比学术上的或者自然界的新发现能更使他感到愉快,但是他却宁愿抛却半壁河山也不想与闻这种秘

---

① 《格列佛游记》,前揭,第152页。

密。他命令我,如果我还想保全性命,就不要再提这件事了。①

由此,小说在大人国和拉格多之间,建立起了一种对照式的联系。象征古代国家的大人国的国王,因为"至今还不晓得像欧洲那些较为精明的才子们一样把政治发展成一门科学",所以,"竟让已经到手的机会轻轻失去",而与这种"死板的教条和短浅的眼光"相比②,拉格多科学院政治科学教授的眼光似乎要"科学"和"长远"得多了。

尽管拉格多科学院教授"满口答应要在他的论文中提及我的名字以表敬意",格列佛却说:"我觉得这个国家再没有什么东西值得留恋,就不想再在这儿住下去了,于是动了返回英国老家去的念头。"③显然,对于拉格多这一属于未来的高科技政体,格列佛丝毫不感到留恋。

---

① 《格列佛游记》,前揭,第104页。
② 同上书,第104—105页。
③ 同上书,第153页。

第二章 慧骃之国:道德理性与"自然状态"叙事

1. 慧骃的"理性"及其困境

相比第三部分的"杂乱",第四部分的内容要简单得多,只写了一个慧骃国,但是,关于慧骃国的性质及斯威夫特对它的态度,研究者历来聚讼纷纭,言人人殊。

慧骃国被许多人视为斯威夫特的理想国家。布鲁姆说:"斯威夫特在慧因这片土地上所做的是要描画一个乌托邦,一个建立在柏拉图的《理想国》基础上的乌托邦。"又说:"慧因的乐土是'理想国'的完美化。"①奥威尔的评价尽管与之

---

① 阿兰·布鲁姆:《巨人与侏儒》,张辉选编,秦露等译,华夏出版社2003年版,第363、365页。"慧因"即本文的"慧骃"。

不同，也认为慧骃国象征了斯威夫特的理想社会。

慧骃是一种马。斯威夫特把它描绘成一种高度理想化的动物：视、听、言、动，无不合乎理性，似乎也从不犯错；永远拥有"知识"而非"意见"，辩论、吵闹、争执、虚假一概与之无涉。总之，这是一种纯粹理性的动物，甚至就是理性的化身。

慧骃是斯威夫特的理想吗？既是，又不是。说是，因为格列佛一见慧骃，便倾心于它，仰慕不已。说不是，因为，首先，这是一种"马"；其次，也是更重要的，慧骃的理性，不是人的理性。与其说这是一种理性，毋宁说是一种本能：生来就有，一生不变，永不丧失。因此，慧骃的合于理性，实系本能使然。如同某些合群动物，如蚁群中的蚁后、工蚁、兵蚁，每一个体均能各司其职，绝无违反的事，其职分差别生来注定。慧骃也是这样，白马、栗色马、铁青马生来居于仆人地位，"如果妄想出人头地"，便是"一件可怕而反常的事"了。①

慧骃的理性不是人的理性，更不是古典哲人所论的理性——"不像我们的理性那样，可以引起争论"。② 由于出自本能，慧骃的理性与自然乃是浑然不分的，其普遍有效性乃自然而具有，并非探究、讨论、论理的结果，也无关乎具体的

---

① 《格列佛游记》，前揭，第204页。
② 同上书，第213页。

个体。至于古典理性,诚如亚里士多德《政治学》所论,是一种能够分辨是非、善恶及与此相关的探究和说理的能力,亦即"逻各斯"的能力。古希腊人所说的人的理性,是一种论辩理性。在古典哲人那里,称"人是理性的动物"或"人是逻各斯的动物",乃指人能以言辞讨论有关善恶、是非、正义不义等问题的能力,而非指人是现成理性的。言与思(内在之言)是人理性能力的体现,借此,人得以合于理性,而非如慧骃一般,生来已然是合于理性了的。

慧骃所言无不合乎"真理",或就是"真理"。听它们谈话,很让格列佛欢喜,觉得"比听到欧洲最聪明、最伟大的人物的谈话还要感到自豪"。[①] 只是这里不会有真正的对话:格列佛总是静坐一旁,不敢多嘴,就好像在神、佛边上的凡夫俗子。至于具有纯粹理性的慧骃,自然没有与耶胡(人)谈话的必要,那是"违反自然和理性的"。[②]

既然生来就有,慧骃的理性就毋庸传授,也无法传授。但是,虽柏拉图《理想国》所设想的似乎全然理性的哲人王,也并非生来如此,而是长期理论教育和实践训练的结果。《理想国》构想的哲人王教育的最高阶段,是辩论、对话的辩

---

① 《格列佛游记》,前揭,第222页。
② 同上书,第223页。

证法。在古典哲人那里,逻各斯(言辞)不仅是滋养人的理性的根本方法,而且是一种根本的政治技艺。哲人王须通过"言辞"与那些言行并非能够合于理性、甚至主要由激情或欲望主宰的战士或生产者打交道。而这一种知识,无论在慧骃的理性中,还是在勒皮他岛的科学中,都付诸阙如。慧骃和飞岛哲人一样,都无法与异己者(尤其低于自己者)打交道,缺乏古典政治哲人的说神话、编故事以及说服与论理的能力。在《游记》中,格列佛也曾提及慧骃的教育,却只限于合理的饮食和体能的训练。

慧骃纯粹理性的本性,决定了它们永远只具有普遍一般的意愿,换言之,它们不具备真实的情感。据说,友爱和仁慈是慧骃的两种主要美德。但是,即便它们真有,也不会是一种针对具体个体的情感,而只能是针对它的物类整体。情感的本性是差异性和个别性,而慧骃的世界在根本上是一个无差别的大同世界:爱邻人的子女一如爱自己的;甚至对异性伴侣的态度,也全然出于理性:选择配偶不是为了感情,而仅仅是出于生育尤其是优生、防止种族退化的需要;对亲友的死,它们不悲也不喜。而受到慧骃影响的格列佛,口口声声慧骃的友爱与仁慈,在世人的眼里,却不啻为一种讽刺:格列佛在回归社会之后,长时间里只有憎恶而无法恢复对同胞乃至亲人的爱。

奥威尔对慧骃的评论——"除了对雅虎之外,它们身上没有爱、友谊、好奇、恐惧、悲伤之类的情感"①,点出了有关慧骃故事的要害。耶胡的闯入,尤其格列佛的闯入,不仅成为后者自我发现的一个契机,也为慧骃的被认识,提供了条件。因为,纯粹理性的、因而不应有情感的慧骃,此时竟然产生了某种情感:对耶胡的憎恶。需要追问的是:何以作为理性化身的慧骃却无法理性地面对耶胡,而只是对之产生了一种负面情感——憎恶?这是否表明耶胡的闯入,让慧骃的看似永远同一的、纯粹理性的大同世界,出现了罅隙,让它们的纯粹知识,表现出缺陷或不足?作为结果,是在慧骃之间第一次产生了辩论和分歧:是否驱逐格列佛这个耶胡以及是否铲除整个耶胡种类?——这也意味着在慧骃中第一次出现了不同于"知识"的"意见"。②

慧骃虽然憎恶耶胡,却始终没有放弃对它的利用。这也使人心生疑问:为什么慧骃要利用最邪恶的耶胡?这是否表明耶胡亦有其用途,甚至其功用可能有超出其他动物之处——是否由于他们的"理智"或工具理性?格列佛告诉我们,理性纯粹如慧骃者,却无法想出一种办法,既能铲除耶胡

---

① 乔治·奥威尔:《政治与英语》,郭妍俪译,江苏教育出版社2006年版,第224页。"雅虎",本文译作"耶胡"。
② 慧骃的"纯善"或"纯粹理性",是否正是因为它们的缺乏情感和对邪恶的无知?

身上令其厌恶的天性,又能驯养它们,使之为自己效劳。结果,倒是身为耶胡的格列佛献了一计:将年轻的耶胡去势,既可使之驯良,又使其断子绝孙,最终达到"种族灭绝"的目的。

想出这个办法对格列佛来说并不难,这不过是他自己国家里的人(耶胡)对付马(慧骃)的办法。格列佛在慧骃为难时能够"出手相助",似乎说明耶胡身上确有值得慧骃学习之处——在涉及与异类相关的问题上,耶胡看来比慧骃更有办法,或者,更有知识。因此,慧骃看似具备纯粹理性,却并不真的具有整全的视野:这是否暗示了,慧骃(马)与耶胡(人)之间的差别,其实只是视角颠倒之后的结果?

在是否驱逐格列佛这个特殊耶胡的问题上,分歧或"意见"再度降临于慧骃之间。凡见过格列佛的慧骃,都知道他有"说话和推理的能力",且与之共处时,并非只让慧骃厌恶,也有"好处和乐趣"。① 至于那些未曾见过格列佛的慧骃,就只能根据它们所拥有的关于耶胡本性的知识来判断格列佛。格列佛承认,慧骃比他能更好地认知耶胡的本性——这是自然的,因为纯粹理性的慧骃所拥有的,恰恰是关于一切事物本性的知识——但是无法正确认知格列佛——一个相较于自然耶胡而言的"变了质"的耶胡,一个文明化了的,

---

① 《格列佛游记》,前揭,第 223 页。

或者说,一个"衣冠—禽兽"。在此,慧骃的"知识"再次表现出缺陷。

对格列佛,慧骃的最终判决是驱逐;对所有其他耶胡,慧骃最终如何决定,书中未作交代。不过,耶胡一案足以显示了慧骃纯粹理性的不完满。它们的理性,固然能理解事物不变的本性——不变恰恰也是它们自己的本性,对变化之事物的理解,却有其根本的缺陷。换言之,拥有关于永恒事物之不变知识的慧骃,无能于应对变化和差异,尤其应对如格列佛之类"变了质"的耶胡。慧骃所能理解的,或者是拥有纯粹理性如它们自身的,或者是毫无理性如草木鸟兽的,至于格列佛这种或许能够拥有理性能力的动物——既有自然之身体,又能有不自然之衣冠的,便难以理解,甚至无法分辨。① 是否可以认为,斯威夫特与此同时暗示了人(某种耶胡)的特性——在本性上的一种能够变质的动物?②

---

① 慧骃初见格列佛时,便惊奇和困惑于后者身上的衣冠和鞋袜。这"外在的衣服"是格列佛最区别于耶胡之处,也是最令慧骃困惑的地方,而当格列佛脱掉了"外在的衣服"之后,便"分明是一只真正的'耶胡'"了。(《格列佛游记》,前揭,第181、189页)

② 卢梭同样将"变质"视作人的本质,且以之为人的美德或邪恶的可能的基础。但是,卢梭不同于斯威夫特。斯威夫特如下文所述,强调人的"外在的衣服"在人向善发展中的重要性,而如同其他自然状态理论家一样抛弃了"外在的衣服"的卢梭,则只好求诸人本性中的薄弱的怜悯心,而向善的发展便成为极其偶然的事。

因此,慧骃与勒皮他飞岛哲人之间的关系,远非古今之比那么简单。慧骃与其说接近古典哲人,不如说接近飞岛哲人:都具有某种"纯粹理性",都只讲述"真理"而从不说谎——只是飞岛哲人关注物理事实之真,慧骃关注伦理事实之真。

倘若数学、音乐等纯粹科学以永恒不变者为对象,那么,古典政治哲人的辩证法,所涉及的则是对人间事务的关怀和照料,所面对的是变化和差异,其目的在于与差异者建立关系甚至引导后者的变化。相反,无论飞岛哲人,还是慧骃,拥有的都只是某种"纯粹理性",缺乏"辩证法"的能力。作为飞岛哲人的知识对象的物质世界,看似变动不居,但万物都具有能够被认知而不能被改变的固定本性。能知事物自然本性的慧骃,无能于应对变化,当异类(耶胡)出现于他们的纯粹世界中时,能比耶胡更好认知耶胡"本性"的慧骃,却面临了难题。因此,慧骃的理性只能使它坚执差异的绝对性和不可消弭性。这样看来,慧骃的知识(确切地说,与生俱来的本能)和处理、对待本性不变的物理客体的科学知识,在本质上有其相通之处:所面对的都是一个被决定了的、外在的、必然的自然世界,在此,独独欠缺内在的和道德的自由。在外在对象面前,它们或者忍受、承认必然性,如慧骃让自己处于对耶胡的永恒憎恶中;或者对对象作物理性的处置,如铲除耶胡；只是都无法使"对象"得到内在的改善。或许我们可以作一个不精确的比拟：飞岛哲人似乎是自然哲学（科学）上的牛顿主义者，慧骃似乎是道德哲学上的"康德主义"①者；二者一为人为，一为自然；一为现代，一为原始；却分别代表了现代性的两个不同侧面。而且，作为"自然主义者"的慧骃，并非完全拒斥飞岛哲人的"技术主义"。譬如，人为了让马品种优良，采用配种的技术性方法。这种技术，慧骃不仅知道，并且还用于自身。慧骃旨在优生的婚姻制度，采用的就是人对马的办法——配种。换言之，慧骃对于自身，就像人对马那样具有"技术理性"。因为，对慧骃来说，不存在内在完善的可能性，对它们而言的完善问题，只能是一种外在化了的生物学意义上的问题。

因此，第三部分的飞岛哲人和第四部分的慧骃之间的关系，不能被简单理解为全然对立的古今之对比。事实上，它们各自代表了现代理性的不同方面。不能否认，两者的差异是明显的。飞岛哲人代表了面向现代和未来的科学技术主义，相形之下，慧骃国似乎还处于文明几乎不曾发展的旧石

---

① 当然，严格意义的康德的"道德"概念，无法用诸慧骃，因为理性之于后者属于必然，而非自由。但是，相较于斯威夫特，康德确实在根本上认为，人就其自然而言，是一种理性的、因而道德的动物。慧骃可以被看作是康德式的无差异的普遍的道德自我。

器时代;前者以为一切均在人为,后者以为凡事皆本自然。而且,尽管居于纯粹自然世界中的慧骃理性,在根本上是一种现代理性,但它也不同于斯威夫特时代流行的霍布斯、洛克式理性概念,而是一种相较于他们的更高理性。斯威夫特是否想借助飞岛哲人和慧骃的故事,暗示现代社会的两种理性——慧骃式的(价值)理性与服务于欲望的(工具)理性之间的巨大断裂?如若这样,那么,他比稍早时代的霍布斯和洛克所见就深远得多:现代社会并非单纯下降到欲望这一最低层面并以理性为其所役使,而且,它似乎也承继了古典的人的理想,后者在格列佛对慧骃的无条件"摹仿"和对人的"憎恶"、甚至在后世根除人性的极端意图中得到体现。不过,慧骃的理性截然不同于古典理性,现代意识对慧骃式理性的极端摹仿,其实表明一种普遍理性主义对于古典理性主义的取而代之。正是这两种理性主义——霍布斯式唯欲论的理性主义与慧骃式唯灵论的理性主义,构成了现代理性的两个侧面。相应地,一面是无差别的绝对求生——似乎是自由主义的土壤,一面是无差别的绝对求善——试图超越自由主义的某些立场,构成了现代政治的两个不同面向。在后者的将个体绝对理性化的要求中,虽然并非必然、却也极易走上一条求助于技术进行绝对控制的道路。换言之,慧骃的整齐划一、无任何矛盾分歧的纯粹理性,倘要真的成为人的现实,似乎就不能不依恃飞岛哲人——科学家们——的科学技术。

当格列佛还完全沉浸于对慧骃的迷恋时,当他还一味试图以慧骃的视角来看待世界时,总之,当他完全遗忘了自己——作为一个"耶胡"——时,他原有的探求"差异经验"的好奇心的确消失得无影无踪。慧骃国终止了格列佛罔顾风险、不断向外的海外游历生活。这位原本对各种语言具有极强学习能力、极善适应各种变化差异的漫游者,自慧骃国返回后,一度几乎丧失了与人交往的能力。他像慧骃一样不近人情,对人类一般(本性)深恶痛绝,对差异性个体同样变得无法理解,譬如对那位拯救他于无涯大海的"坦率、纯朴的"葡萄牙船长,他只是奇怪一只"耶胡"居然也能这样有礼。[1] 回到家,他对妻子、家人只感到心里"充满了憎恨、厌恶和鄙视;想到他们和我关系密切就越觉得他们可恨、可恶、可卑"。[2] 这真是慧骃的绝对同一性对差异性的压倒性胜利!当格列佛变得和慧骃一样丧失了与异类交往能力之后,也丧失了对惟独真正拥有个体性和差异性的人的辨识能力。

---

[1] 《格列佛游记》,前揭,第229—230页。
[2] 同上书,第232页。

可否设想,倘若格列佛始终沉浸于对自己慧骃身份的想象之中,而且,倘若他也像拉格多科学院中那些教授,拥有足够先进的技术,那么,是否会像人对付马那样,来对付令他反感和厌恶的人类,换言之,寻求以技术手段,实现一个理想世界? 这并非只是空洞的想象。运用技术手段,改造不善的人种(或者,人眼中的"马"、慧骃眼中的"耶胡"、种族主义者眼中的劣等民族之类、高贵人眼中的劣等人)的本性,或干脆灭绝之,不正是 20 世纪某些所谓"理想主义者"的写照吗?——当然,这种"理想主义者"必须像格列佛那样想象自己是慧骃,也就是说,遗忘自己也是这个具有"劣根性"的人类(或人群)中的一员,从而有别于这个"他者"。毕竟,倘若在根本上放弃古典政治的教化理想,那么,要实现人类的完善,大概就只能通过技术处理的办法了。①

神的本性是一,物的本性是齐一。前者是慧骃的世界,后者是现代科学的现实。奥威尔所忧虑的现代极权统治的动力,与此二者关系密切,其共同之处都在于力图使人成为非人——不论成神,还是成物,在这两种状况下,人都丧失了作为其本质的选择、判断、行动的自由。奥威尔视完全慧骃

---

① 斯威夫特似乎将运用生物技术手段这一偏好,视作现代所特有的一种倾向。在他的《书籍之战》中,"现代派"学者好骑阉马,古代学者好骑烈马;阉马长于卑躬屈膝,上了战场却表现得羸弱钝劣。

化了的人的世界,将是极权主义登峰造极的看法,有其合理性。只是奥威尔没有把格列佛对慧骃的赞美和向往,看作其复杂修辞叙事结构中的诸多环节之一,而是径直视作斯威夫特本人的观点,从而导致他对后者性格颇为负面的评价——"既没有好奇心也没有善良"。① 其实,格列佛最终没有变成慧骃或停留于对自我的慧骃想象中——《游记》恰恰结束于他从这最后一个、也是最大的一种人性自欺中觉醒,至于斯威夫特,更不能与那个一度忘记自己的人的身份的格列佛相提并论。② 总之,从根本上说,慧骃国并非斯威夫特的理想。视之为一种静止的理想状态,有悖于斯威夫特写慧骃国故事的初衷。慧骃国与其说是斯威夫特所推崇的"古代"理想,倒不如说是为揭示它的缺陷而作。视斯威夫特笔下的慧骃国为古代理想的象征的看法,明显忽视了上面已指出的慧骃理性与古典理性之间的根本差别。

---

① 乔治·奥威尔:《政治与英语》,郭妍俪译,江苏教育出版社2006年版,第221页。

② 由于奥威尔把格列佛最终定格为愤世嫉俗的隐士,且视此为斯威夫特《游记》的终极立场,于是有了如下结论:"在斯威夫特身上最为基本的东西是,他无法相信生活——在大地上的普通人的生活,而非是在某种程度上的被合理化并祛除了腐朽的生活——是值得过的。"(见氏著《政治与英语》,前揭,第222—223页。译文据原文有改动。)一个不相信大地上普通人生活的人,难以想象会创作出像《格列佛游记》这样意趣盎然的作品。

2. 慧骃国故事:现代自然状态理论的一种竞争性叙事

"慧骃国"倘若不是许多人所认为的古典"理想国",不是斯威夫特的"梦想"——似乎只是因为"梦想"无望实现,格列佛最后才变得"愤世嫉俗"——那么,在整部小说中它又应处于怎样的一个位置? 如何理解并非构成简单对立的第三和第四部分之间的对照和呼应关系?

其实,依据上述分析,这个问题已经不难回答。与其说这两个部分构成古今对立,不如说它们共同构成现代既对立又关联的两个方面,而每一方面中各自又包含了复杂的古今关系。倘若说,第三部分的飞岛和拉格多涉及的是作为现代国家权力基础的物质或技术方面,那么,第四部分的慧骃国则暗中针对作为现代国家之理论出发点的自然状态学说,或者说,是对这一现代理论的戏仿。慧骃国的故事,可以被看作尤其针对霍布斯式现代自然状态学说的一种反讽式重构,甚至是对后者的一种解构。

霍布斯的自然状态理论内蕴一种有关人性的认知:人性在根本上是贪婪的、充满了权力欲。对此类形而上学家的人性理论,斯威夫特向来大加嘲讽,不遗余力。耶胡这一形象,看上去就很像霍布斯的自然状态中的自然人。在早年的《木桶的故事》中,他讽刺那些"理性帝国"的创造者们,"设想自己有力量把全人类的想法缩减到和他自己的恰恰同样的长度、宽度和高度"。① 《游记》第三部分借一种长生不死之人(斯特鲁布鲁格),讽刺了霍布斯的那种认为人为了苟活,便可以不顾一切屈从于任何权力秩序的人性论:只要送一对斯特鲁布鲁格回英国,看还有人会不顾一切地贪生否?! 借第四部分的慧骃国故事,斯威夫特其实意在提出一种相较于霍布斯自然状态学说而言的竞争性叙事。

现代自然状态理论在一定程度上与17、18世纪流行于欧洲的海外游记有关,而斯威夫特的慧骃国故事,直接以游记形式呈现,似乎比那些自然状态学说,还要来得自然和原始。慧骃的形象,或许源于流行的"善良的野蛮人"形象,它们的生存状态——慧骃国——与一般自然状态论说所描绘的状态无异:就生产工具而言的一个旧石器时代;还未发明文字,几乎没有任何制造技术(无车、船的制造);没有农耕技艺,单纯以野生燕麦为食;有了一定的天文学知识……只是,它已拥有了一种社会组织。因此,如以自然/社会二分的

---

① 斯威夫特:《木桶的故事·格列佛游记》,主万、张健译,人民文学出版社2000年版,第122页。

观点看,这是一个刚刚走出自然的初始社会。① 然而,斯威夫特刻意模糊了对自然状态理论来说特别重要的自然与社会之二分:慧骃的"社会"是全然"自然"的。② 显然,慧骃的社会不是"人造的":在斯威夫特的这一个故事中,人不像流行的自然状态理论那样,占据故事的中心,取而代之的是拥有纯粹理性的"神马",这是与一般自然状态学说的关键区别。人不但是外来的(并非原生的、土生土长的,即非自然的),而且处于几乎被铲除的边缘。如果说,耶胡戏仿了霍布斯自然状态中的自然人,那么,斯威夫特特意揭示了它的非自然性。在他看来,霍布斯的自然人(人性)实则只是人堕落的结果。

---

① 慧骃社会极类似于卢梭笔下的那个"最幸福而最持久的"人类的初始社会:只拥有最简单的技术,却"都还过着本性所许可的自由、健康、善良而幸福的生活,并且在他们之间继续享受着无拘无束自由交往的快乐"。(《论人类不平等的起源和基础》,李常山译,商务印书馆1962年版,第120—121页)

② 在《格列佛游记》四部分的标题中,只有第四部分出现了"国"字(country),其中讽刺意味明显:在利立浦特、布罗卜丁奈格、勒皮他和拉格奈格中,都各有皇帝或国王作为统治者,甚至巫人岛也有部落头人,只有在慧骃"国"中,从头至尾没有提及任何统治者。代表大会也只是"劝告"而非"强迫"。(《格列佛游记》,第224页)换言之,慧骃"国"是一个拥有权威的社会,不是一个具有强制性权力的"国家"。在一般自然状态理论明确区分"自然状态"与"国家"("政治社会")为两个不同性质的阶段和状态的语境下,斯威夫特借助这个"国"字,有意混淆了两者。

在斯威夫特的故事中,不论是耶胡,还是格列佛,在慧骃国的出现都有偶然性,这表明斯威夫特无意于透过这一故事,建构一套以人为基础的起源学说。这是斯威夫特的叙事格外异于一般自然状态理论之处,也使他的慧骃国故事,仅仅在外表上近似而在根本上并不从属于现代早期的自然状态理论,后者本意在于替人类的文明和社会,寻找一个自然起点,这一人为意图,决定了人类只能是故事的自然中心和基础。

在斯威夫特的故事中,文明世界显示出不仅与自然世界相分离,而且极端颠倒——在慧骃国这一"自然状态"中,马(慧骃)为主,人(耶胡)为客,而在格列佛的文明国家中,人为主,马为客。这一处理,切断了作为自然和文明之间的发展的联结点——固定人性。换言之,在此,人性或有关人性的认知,已经无法起着现代自然状态学说中作为人类社会发展之起始点或出发点的作用。在斯威夫特的慧骃国中,无论在象征自然理性的慧骃,还是在象征纯粹欲望的耶胡的身上,都无法看到有步出自然状态的可能:作为外来闯入者的耶胡,难以靠慧骃而文明化,而慧骃则根本无此必要,因其优点正在于自然与理性的浑然不分。换言之,它们自然都无法过渡到文明。

一方面就"自然状态"而言,并无向着文明发展的潜力,另一方面，文明似乎又来自于外部，源于偶然事件。格列佛这个多少已经文明化了的，或者说，变质了的耶胡，意外闯入慧骃的自然世界。能认知自然本性的慧骃，却无法识别格列佛身上作为文明标识的"衣冠"，无疑是对试图单纯以所谓人的自然来赋予社会以历史或逻辑起点的当时自然状态理论的讽刺，暗示了在文明与自然之间并非连贯、而是分离的关系。斯威夫特甚至暗示，文明乃是一种反自然偏好的结果：人类所具有的一种"极为普通的……违反自然的嗜好"，"造物似乎还不是一位手段高明的教师"[1]，自然并不能为文明的发展准备好所有的原始材料和动因。

自然状态理论将自然状态视作需要克服的、充斥着不确定性的一个混沌或黑暗的世界，然而，那克服了自然状态的无序性的"理性"国家的原动力，又只能来自于自然状态。在此，自然状态被当作既需要被清除，又作为清除力量之源泉的场所。解决这一矛盾的关键，在于对人性的一种悖谬式的见解：理性的欲望主体。理性被当作使得欲望得以更为有效的实现的手段。斯威夫特的慧骃国故事，乃是这一理论（准确地说，神话）的反神话：理性的欲望本身（耶胡为其化身）无法凭借其自身的力量走出自然状态。换言之，文明不

---

[1] 《格列佛游记》，前揭，第210页。

应建立在自然状态这一"虚无"的地基之上。

总之,一般的现代自然状态理论,以自然状态为历史演化的起点或逻辑推衍的前提,而斯威夫特的自然状态叙事,无意于让历史的、文明的、社会的人由自然人自然推衍而来,文明(格列佛的"衣冠")毋宁是外来的,在自然状态的外部,换言之,文明或智慧,至少还得有其他的源头。

斯威夫特在早年著作《木桶的故事》中,曾提及基督教的一种古老说法,这种说法表示人是一种由两套衣服合成的动物:一套是自然的衣服(身体),一套是天上的衣服(灵魂);前者为内在的衣服,只需通过遗传,后者为外在的衣服,需每日的更新和浸洗。自然的衣服(身体)一旦与外在的衣服(灵魂)相分离,人就成为了一具行尸走肉。在这部著作中,《圣经》被比作有关衣着的"极好的规定"。[①] 倘若我们遵循斯威夫特在书中的"劝告",对这个故事作细致认真的研读,或许能极大有助于对慧骃国故事的理解。

透过《木桶的故事》中的这一说法,我们可以意识到,强调人的外在衣服(灵魂)并主张需使之日新的看法,与只是从人的自然身体出发的霍布斯式自然状态学说,乃是基于完

---

① 斯威夫特:《木桶的故事·格列佛游记》,主万、张健译,人民文学出版社2000年版,第59、99页。

全不同的出发点。在慧骃国中的慧骃,其内在的和外在的衣服是同一的;而自然耶胡,一如霍布斯"自然状态"学说中所理解的人——自然人,只有内在的衣服——这或许是格列佛看到自然耶胡就自惭形秽、回英国后感觉国人不忍目睹的原因:因为,经历了现代自然状态学说洗礼的现代人,正如无衣蔽体的裸人;惟有格列佛,既有外在的衣服,又有内在的衣服。如果说,自然慧骃象征着纯粹真实的存在(纯粹的灵魂),与之相反的"赤裸的"耶胡象征着幽灵或影子(没有灵魂的行尸走肉),那么,介于两者之间的格列佛所怀有的对更高者慧骃的仰慕——或准确地说,仰慕之基础,才是能够赋予其作为幽灵或影子般存在的自然身体以真实存在的力量。但是,正是在现代政治理论中,"幽灵或影子"——赤裸的原人——却成为了出发点和基石。

其实,在斯威夫特笔下,慧骃国并未被描绘为一种"状态":无论是真实存在的还是思维所设定的。在《游记》中,慧骃国是唯一一个位置不明的国家。换言之,这是一个"乌有"之存在。与自然状态理论家视自然状态为真实的、确定的前提或出发点不同,斯威夫特的慧骃国故事,毋宁首先是一个关于自然状态学说的反讽式表达:在此,被视作纯粹理性化身的慧骃,却是一种马,马向来被视作"激情"的化身,相反,自古以来,人却被定义为"理性的动物",人驾驭着马,意味着理性对激情的驾驭。从表面上看,慧骃国的故事,明显颠覆了这一古老的秩序。只是,富于讽刺意味的是,这一"颠倒"又是如此合乎现代自然状态理论的逻辑:人(耶胡)占据了马(激情)的位置,而他所让出的理性动物的身份,则由马据有了。于是,斯威夫特的"马"(慧骃)与"人"(耶胡)的"颠倒"关系,恰恰是对古典的"理性—激情"秩序的重申。格列佛一意于模仿慧骃,看上去丧失了他的自然本性,即人性,却反倒是意欲回归古典意义的人性。从此角度上看,慧骃国则又意味着一个在现代失位的古代世界。

就叙事本身而言,相较于现代早期的自然状态理论,斯威夫特的慧骃国故事,具有极为不同的旨趣:无意于使之成为一个有待发展的自然状态,而是意在呈现一种"自然"(或许可以说"超自然")结构,以慧骃为代表的自然理性和以耶胡为代表的欲望,各自成为纯粹自然中的对立的两极。在二者中,耶胡的外来性质,表明欲望并不具有本原性——它是如此的非自然或有悖于本性,以至于在慧骃的自然世界中本来无其存在——由此呈现出这一结构所内蕴的高下的价值等级。换言之,斯威夫特的意图不在于构建一套提供作为历史或逻辑的前提或出发点的政治或社会的起源理论,而是在于服务于人的灵魂的教化。因为,在慧骃国故事中,我们所看到的,不是一种水平发展的演化——由固定人性出发的在时间中或逻辑上的水平展开,自然人于这一过程中发展为社会人或文明人,而是一种垂直结构:上端为自然理性的慧骃,下端为纯粹欲望的耶胡,而文明化或多少已丧失自然的、历史的人——格列佛,则置于这两个极端的中间:既拥有自然耶胡的身体,也拥有异于他们的衣冠,更具有他们所没有的推理和言语的能力。更重要的是,这是一个能够仰慕慧骃的耶胡。斯威夫特描述道,在看到了慧骃之后,格列佛

> 睁开了眼睛,扩大了认识领域,……开始用另一种眼光来观察人类的行为和感情……它每天都使我在自己身上发现上千的错误。①

可见,由身体到衣冠,由衣冠到言语和推理能力,再到对慧骃的仰慕,在此呈现为一个灵魂的上升过程。慧骃国故事并不试图给予读者这样一种"客观"知识:人类从原始向文明、从简单向复杂、从自然向社会的水平发展;而是试图给予读者一种"认识自我"和"自我教育"的向上动力:憎恶卑下、仰慕高贵。因此,慧骃国故事,貌似仿效了自然状态叙事,实质上却是一个旨在教化——人的自我认识和自我教育——的虚

---

① 《格列佛游记》,前揭,第 205 页。

构故事。它应被归属于自阿里斯托芬、柏拉图直至17世纪以戏剧、寓言和小说为基本形式的、其根本旨趣在于推动人从事于自我教育的古典教化文学传统。在《游记》的前三部分,格列佛所见所闻所经历者,都意在不断满足甚至扩张其好奇心和对外部世界——主要是政治——的认知,那么,慧骃国的经历则意味着此前的认知或教育的完成,意味着进入了自我认识这一更高阶段。

慧骃形象的教育作用,首先在于使观察者产生对自身无知的意识,如同苏格拉底之于其对话者:引发人的认知转向。这被看作一切真正自我教育的先导。不过,慧骃与苏格拉底不同:后者并无关于事物本性的真实知识,因而总在辩论和对话之中,前者则因天生具备关于事物本性的知识,故而只需独白。只是慧骃所说的真理,并不适于格列佛在人间的生活。象征了现代道德理性的慧骃,不是古代精通辩证法的苏格拉底,既不可能教育格列佛如何与同类(其他耶胡)相处,更无使之改善的能力。格列佛之所以能从慧骃处得到教益,不只是由于慧骃这一形象,而且还与格列佛自身因素的作用有关:这是一个已多少文明化了的"耶胡"。而在慧骃国的格列佛同类,即自然耶胡,却永远无法从慧骃身上学习从而得到改善。

由慧骃国故事,可以一瞥斯威夫特的"自然状态"与霍布斯式现代政治理论家的自然状态之间的根本区别。后者从所谓对人的本性的科学认知中,推衍出法、政治和社会的基础和规定,其基本模式是对自然科学理论的模仿——在认知(所谓关于事物本性的知识)基础上的利用和操纵。斯威夫特的故事,无意于提出一种有关人性的知识,而是意在以反讽的方式,引导人从事于自我认识。换言之,斯威夫特的自然状态叙事是一种教育方式,而非政治科学理论。他把作为理论体系之前提与出发点的自然状态学说,转化为一种旨在教化的故事,从而使自然状态学说这一现代的产物,重新古代化了。

斯威夫特一向认为,重要的不是提出"人是理性的动物"(animal rationale)这一人性论命题——不论是霍布斯式的理性,还是慧骃式的理性——而是要认识到人可以拥有理性之能力(animal rationis capax)。① 霍布斯式的自然人(耶胡)的本性,可以被认知和利用,却无法被改善,于是,余下的问题便只是在于人所表现于外的行为是否合乎意欲及如何利用或操纵之,使之既服务于私人意欲,又合乎"公共安全"

---

① 1725 年 9 月 29 日致亚历山大·波普(Alexander Pope)的信。Jonathan Swift, *Gulliver's Travels and Other Writings*, edited and with and introduction by Miriam Kosh Starkman, Bantam Classic edition, March 1981, p. 504.

的需要——这一活动被视作"理性";而慧骃的理性也无所谓改善,因为它既是自然,也是本能。唯有格列佛式的"耶胡"——既像耶胡那样具有欲望本性,却又具有获得理性及运用理性的能力,因此,对格列佛式的人,问题就不在于对人性的形上学的认定,并在此基础上**理性地**推衍出其他一切道德和政治的规定,而在于如何使之获得且较稳定地拥有健全的理性。对斯威夫特而言,这不是一个探究作为基础或出发点的人性的形而上学的问题,而是一个如何使"理性用在正途"而非使之"强化、增加了"人的罪恶的教化问题。而这一个问题也正是古典政治哲学的核心问题。

格列佛这一形象突破了现代主流政治思想的基本范式,在此,人类被描绘成这样的一种动物:他们既可能超出于耶胡之上,也可能堕落得比耶胡更低:耶胡只具有天生的一些罪恶,而人类却能利用理性来增长他们的罪恶,因为,"败坏的理性会比兽性本身更糟"。[①] 这不禁令人想起亚里士多德《政治学》开篇(1253a32—34)的说法:人既能成为最优良的动物,也能堕落为最劣等的动物。在亚里士多德看来,导致人的上升或堕落的机揆或关键在于共同体的政治;确切地

---

① 绥夫特:《格理弗游记》,单德兴译注,台北联经出版公司2004年版,第376、421页。

说,能够引导人上升而非堕落的政体——其核心在于对一种良好的生活方式的塑造。显然,在古典政治哲学家的眼中,这一关键问题不是简单指出"人是理性或其他的动物"之类不论何种人性论形上学学说便可以解决的,也不仅仅是建立于对固定人性的巧妙地(或"理性地")运用,而是在于如何教化人性。与此相反,现代早期政治思想体系的创建者的人性学说,则将人与物相提并论,均视作具有必然性的、凝固本性的存在,并将现代秩序体系建基于对这种人的固定本性的科学认知及对其利用的基础之上,从而取消了以教化方式改善人性的古典努力。

斯威夫特的"自然状态"故事,与古典思想异曲同工,都把人视作一种在其灵魂中包含了高下视域的动物,而其上升或下降,很大程度上取决于一种古典意义上的旨在人性教化的政治。就此而论,尽管飞岛哲人与慧骃都具有明显的现代特征——一为技术理性,一为道德理性,但在斯威夫特的故事中,两者的确也指示了高下不同的视域,具有不同的道德力量。对深陷于人造洞穴的飞岛哲人而言,对慧骃的仰慕和模仿或许是使他们得以走出人造洞穴的力量;而对慧骃者的仰慕者和模仿者而言,认识到其知识的抽象性和非人性,甚至意识到人自视为慧骃的意识,正是人性自欺的首要之恶,或许会大大加深对人性的自知,而这将成为现代人复归古典智慧的一个契机。

当现代政治哲学家们试图从据说是人所固有的、不变的其实不过为抽象化了的本性(欲望和/或理智)中寻求有关人的行为的合理解释——它把人的权力欲自然合理化且以为无法改变——时,斯威夫特则强调人性乃非固有和现成的东西,社会的真正出发点与其说是人的自然本性——自然状态中赤裸的"我"(耶胡),毋宁说是那使人性能够得到滋养、逐渐改善的伟大文明传统——那身连慧骃都难辨真伪的"衣冠",那些使虽非就自然而言的"理性动物"的"我",却依然多少能够"理性"的古代和现代的最好作品,后者之中,也将包含那使慧骃这一现代的另类形象得以永存的故事——《格列佛游记》。

第三章 《格列佛游记》的意图

1. 人是一种有待改善的动物

研究者一般认为,《游记》以格列佛的"愤世嫉俗"告终,他们甚至进一步得出结论说,由于对慧骃的挚爱,斯威夫特已经放弃了他曾经或早年的理想——研究"一门弥合和修补天性的缺陷及不足的"而非继续"扩大和暴露这些缺陷"的"艺术"。① 这种看法不能说是准确的,因为,它忘记了要全面理解《游记》,应把文本内容与格列佛(斯威夫特)写作《游

---

① 《古典诗文绎读·西学卷·现代编》,刘小枫选编,温洁译,华夏出版社2009年版,上卷,第480页。斯威夫特此语出自《木桶的故事》,前揭,第127页。

记》的实践结合起来。其实,《游记》临近尾声时,格列佛也提及自己写作《游记》的事。因此,准确地说,《游记》并非终结于格列佛的"愤世嫉俗",而是终结于他的"写作"。

目睹慧骃的世界,格列佛意识到了灵魂上升的广阔空间,这震撼了他,让他产生了对卑下生活的憎恶。于是,他长时间沉醉于慧骃的世界,就像刚从大人国回来时那样——"丧失了理性"。不论"沉醉"还是"丧失理性",也都属于人性。一个出了洞穴的人,在观照了理念世界之后,刚返回洞穴时,会有暂时的目盲。对高者的仰慕,对于既有的理性而言,或许是一种颠覆;"丧失理性"是获得更高、更健全理性的必要条件。人性的康复或健全,需要以理性的暂时丧失为前提;真正的上升,也需以某种表面上的下降为条件,就好像格列佛曾说过的,人需要向动物学习,不是什么羞耻的事。格列佛在慧骃国所见的,是一个纯粹的自然和理性世界,所以,他受到的震撼比在大人国时的更强烈,"恢复视力"需要的时间也更长。①

然而,慧骃的世界,并非柏拉图的理念世界,虽然它激发了格列佛的认识的自我转向,却不能给予他有关事物之所是

---

① 离开慧骃国的归国之路,是格列佛的一次"下降",其中包含了"强制"要素:格列佛甚至被"用链子锁了起来"。(参见《格列佛游记》,前揭,第228—230页。)

的完整知识,尤其是关于人的生活的真知:慧骃"对于人性缺乏透彻的理解"。① 因此,沉浸于慧骃世界的格列佛,丧失的是对人间生活的肯定,这不仅是由于格列佛对慧骃美德的仰慕和对自身罪性的自责,而且是由于在这种"仰慕"和"自责"中也暗含了格列佛尚未认识到的人性缺陷,换言之,这种因"憎恶"而产生的出世之念,表明了格列佛自我认识的缺陷——只是到了《游记》的最后,格列佛才获得了对这一最根本的人性缺陷的意识,这标志着他的自我认识的完成。②

格列佛因受慧骃的影响而"愤世",并不表明他在多大程度上获得了慧骃式的理性,而是相反,表明了他的"理性的丧

---

① 《格列佛游记》,前揭,第237页。
② 关于斯威夫特对慧骃的看法,是《格列佛游记》争议的焦点之一。笔者以为,对于格列佛对慧骃的迷恋,斯威夫特未少讽刺——格列佛不但未得到慧骃的"神性",反丧失了"人性";慧骃的主要德行:对同类的友爱和仁慈,到格列佛处却变成对同类(人类)的憎恶;格列佛要"友爱"慧骃,慧骃却把与之友好视作"违反自然和理性",从而回归本社会之后的格列佛的"友爱",只能施诸"并不比这儿(引案:慧骃国)的'耶胡'更有理性"的"我们那儿的马"(《格列佛游记》,前揭,第192页)。对格列佛的讽刺直到最后一页才告终止:格列佛对"他自己"——"一个丑陋不堪的家伙,身上有病心里也有病,却又骄傲不过"——勃然大怒,"请求沾染着这种罪恶的人不要随便走到我的面前来"。(上揭,第237页)只是到此时,格列佛才克终厌德,完成了他的自我认识,与写下这最后一页的作者斯威夫特二为一。因此,唯有经历了慧骃国而自省且能克服对人类的厌恶,出游的(或,写作的)格列佛(或,斯威夫特)才回归了自身:一个有能力将他人与自我相统一的真正的"我"。

失"。但他并未始终沉浸于这种"丧失"之中,随着时间的推移,他逐渐恢复了人世的感觉,其标志便是在回到英格兰五年后,开始写作《游记》。"写作"意味着他在相当程度上摆脱了在慧骃国养成的"习惯和偏见",毕竟,慧骃不著书,更"不会想出这样荒谬的计划,企图改造这个王国里的'耶胡'种"。①依格列佛在慧骃国养成的"洁癖",本应彻底断绝与耶胡的关系,甚至,倘有能力的话,像他向慧骃所建议的,让耶胡们断子绝孙——后者是现代政治的一个选项,却不是格列佛的选择,他并没有如奥威尔所说的那样——"疯了"。② 尽管还存有对耶胡的厌恶,格列佛却着手于为人类著书——"对于任何人并不怀恨在心,也不抱有偏见或者恶意。"③

格列佛屡次声称,他的《游记》具有异乎坊间一般游记的真实性,是因为长期亲灸于慧骃的身教言教,不会再因诱惑而违背真相的缘故。在书的末章,格列佛声明他曾订立一条终生恪守的信条——"恪遵真相,绝不偏离"④,同时,他引

---

① 《格列佛游记》,前揭,"格列佛船长给他的亲戚辛浦生的一封信",第4页。
② 乔治·奥威尔:《政治与英语》,江苏教育出版社2006年版,第228页。
③ 《格列佛游记》,前揭,第234页。
④ 绥夫特:《格理弗游记》,单德兴译注,台北联经出版公司2004年版,第441页。

诗为证:

——命运虽然能使西农遭受不幸,
但它却不能强迫我诳语欺人。①

所引诗句出自《埃涅阿斯纪》。当时,希腊奸细西农企图骗取特洛伊国王的信任,让特洛伊人把木马拖入城内,说了这句话,因此,这是一句谎言。引一句标榜诚实的谎言为证,自然只能让读者对格列佛"恪遵真相,绝不偏离"的标榜,产生怀疑。据说,1735 年版《格列佛游记》的格列佛肖像底下有"Splendide mendax"两字,其意为"大说谎家";格列佛(Gulliver)一词又有"容易受骗、上当"(gullible)之意,②不知是说格列佛容易上当受骗——从而也无意地欺骗了读者,还是格列佛易于让人受骗。这就让人对格列佛从慧骃那里究竟得到多少"真实性"习惯也产生了怀疑。

斯威夫特此举是否意味着格列佛先前对慧骃的仰慕,与其好轻信的性格有关——如名字所暗示的? 或者,还意味着他对自己的"轻信"——竟然自信能像慧骃那般"真实"? 是

---

① 《格列佛游记》,前揭,第 233 页。
② 绥夫特:《格理弗游记》,单德兴译注,台北联经出版公司 2004 年版,第 3 页注 2。

否可以这样认为,好轻信本属人性的一部分——慧骃是理性的化身,是真实无诳的,人好轻信,既易于相信自己的真实,也易于相信那些自称真实的言辞?总之,这些问题都源于:人既无法像慧骃那样拥有天性的"真实",又可能像格列佛那样,仰慕慧骃所具有的"真实";这就是斯威夫特所呈现的复杂人性。那么,格列佛如果真的曾经受教于慧骃——为慧骃纯粹的真实性所感染,同时又拥有慧骃所没有的对人性的透彻理解,那么,是否他——或许唯有他——才能借助人的这一种特质,服务于旨在人性的改善,亦即人的求真事业呢?

倘要做到这一点,首先就应当让人意识到自信为真的虚假性,因为,对自己以及合乎自己习惯的信条的笃信不疑,正是人性自欺这一习性的产物。不同于古代哲人,现代科学家通常以正确认识万物本质或历史法则而自任,他们包罗万象严密的理论体系,不仅表明他们自信其真理性,而且也能轻易赢得人们的信任。霍布斯不是试图以一种类似欧几里得几何学那样的严密推理,构建其关于法或政治的科学体系么?现代哲学或科学,不是试图以一种"自信"(可信或可靠之自我)作为出发点和基石么?和牛顿、霍布斯等现代科学家不同,斯威夫特并未试图给予读者某种既定的原则或思想体系,暗示读者他所说的像自然科学那样真实不虚——不论其真实性源于事实的实证,还是推理的论证。相反,他呈现于读者面前的这本书,是一部海客谈瀛式的齐谐志怪。尽管斯威夫特于书中每每信誓旦旦,标榜真实性,着意于让读者联想起现代科学理论,但是,这种标榜,与其说是为了追步现代自然科学,毋宁是对这种现代哲人的真实性追求的讽刺。与严肃的政治理论步步证成、字字皆有来历出处迥异,《格列佛游记》滑稽荒诞,处处设疑,似乎以让读者陷于疑惑、信以为不真为乐,却又随时随地以夸大其词的真实性声明,以显而易见的欺骗、混淆、瞒天过海,不啻让读者看到,作者说谎是如此轻易和毫不犹豫,又能如此以假乱真,将故事讲得比历史还要真实。斯威夫特这样做,或许正是出于帮助读者学会毋轻信作者之辞的良苦用心。并且,这也不只为了一种消极的目的:对庄重、严肃的科学尤其是政治科学的嘲讽(后者从所谓有关人性的事实出发,论证只有无微不至的管束,人类才有活路的道理),也是为了让读者意识到,并没有一种真理,可以通过所谓"理论体系"而被现成地给出。

世人每每易于轻信那些标榜实证或推理的体系化理论,渴求既定、现成的原则、体系、榜样、标准,是否也体现出他们对真正智慧的漠不关心,他们的懒散,他们的习于、易于乃至偏好欺骗和受欺的习性——在根本上并无意于谋求对于自身的真正认识? 因此,对科学的"真实性"追求的嘲讽,并非为了否定人类求真事业的意义,而是为了告诉读者,它需要冒巨大的风险——就像格列佛的历险,需要具备真正的勇气以及智慧,后者首先并非针对外部的事物,而是自身。

真实性并非根植于所被给予的东西本身,亦非完全基于他人或说者、写者的善意,甚至不主要在于作者再现或表现真实或真相的能力,而是根植于每个人(读者)灵魂中的意愿、勇气和智慧。因此,与现代体系化的理论家不同,斯威夫特的写作无意于现成地给出真理——像自然科学或其他教科书,更无意于使人信以为真——如诸宗教学说、神学或现代意识形态,而是试图激活读者自身生命的首先是思想的力量,从而能够生长出属于他们自己的智慧。譬如,他对于慧骃的描写,与其说是为了给予读者一种真理体系或道德生活的条规,不如说是为了使读者读后能够反躬自省:"每天都使我在自己身上发现上千的错误,而这些错误都是我过去从来没有觉察过的"①,那些"自命为统治本国的理性动物,当你读到我所列举的'慧骃'的美德时,怎么能对自己的罪过不感到惭愧呢?"②换言之,这一种写作的作用在于见贤思齐,见不贤而能内省。

由此看来,对格列佛的"言教、身教对于改善犽猢这类动物全然无效"③的话,不能太信以为真,因为,愤世嫉俗的格

---

① 《格列佛游记》,前揭,第205页。
② 同上书,第234页。
③ "犽猢"即"耶胡"。见绥夫特:《格理弗游记》,单德兴译注,台北联经出版公司2004年版,第7页。

列佛,正是一个得到了改善的"耶胡"。斯威夫特的真实想法毋宁是:置身于反自然的耶胡和自然的慧骃之间的人,正是一种有待于改善的动物,而使他们从反自然的耶胡走向慧骃的唯一道路,乃是引发一种真正的教育——自我教育。如此,作为《游记》最后落脚点的格列佛的"写作",方能得到正确的解释。

格列佛的"写作"表明他最终意识到:人不是慧骃,无法拥有慧骃般的纯粹理性。厌恶人类的格列佛仍然不得不和家人交谈,甚至还逐渐与他眼中的"耶胡"们交往。显然,人无法免于偏私,即不能免于对具体的人的情感或爱。或许,恰恰是这种对特定人的爱或情感,帮助格列佛逐渐恢复了自知——意识到自己不是慧骃,帮助他在自己纯粹的"憎恶"之情中辨识出"骄傲"这一特别属于人性的恶。因此,爱,帮助他避免了"妄自尊大",而这是从慧骃处无法学到的。① 也是爱,使格列佛比慧骃对人性拥有了更透彻的了解——骄傲。这种基于对人的爱而有的对人性的更透彻的了解,使格

---

① 一个缺乏爱的慧骃式的人,完全适用于卢梭的如下说法:"如果自然不曾赋与人们以怜悯心作为理性的支柱,则人们尽管具有一切的道德,也不过是一些怪物而已。"(卢梭:《论人类不平等的起源和基础》,前揭,第101页)卢梭认为,自然赋与人以同情或怜悯心,而斯威夫特显然认为,上帝造人时便赋与了人以外在的衣服即智慧和训诫。

列佛跟耶胡"和睦相处也并不见得怎样困难"①,甚至试图"教导自己家里的'耶胡'使他们成为驯良的动物"。② 因此,除了具有从慧骃处得来的对耶胡的厌恶之外,格列佛还有从慧骃处无法得到的对耶胡——至少对他的"家人"——的"爱"。这种"爱"有可能让格列佛获得了对待人的根本办法——全然不同于人对马或慧骃对耶胡,且在根本上无法得自于慧骃,这就是提笔写"游记"。

"爱"让格列佛身上耶胡的劣根性"复萌"了。在斯威夫特笔下,人的劣根性首先与好说谎的习性及相应的不信任有关。③ 由爱而生谎言的问题,与格列佛相关的,主要涉及两类。一类是为爱者讳。《游记》有两处明确提及,一处在大人国,另一处在慧骃国。在大人国,国王问起英国国情,格列佛"对于每一个问题的回答严格地说都比事实要好多少倍"④。在慧骃国,在回答慧骃的同样询问时,格列佛"对于每一件事情都尽量要说得好一些"。⑤ 格列佛的解释是,人对自己的家

---

① 《格列佛游记》,前揭,第237页。
② 同上书,第236页。
③ 格列佛在被"豪爽、多礼"的船长孟戴斯救下后,向他诉说自己在慧骃国的经历,船长表示难以置信,格列佛于是说,他愿意宽容船长身上的人的劣根性。
④ 《格列佛游记》,前揭,第103页。
⑤ 同上书,第205—206页。

乡总是有些偏爱的。另一类因爱而生的谎言,是为了娱乐听者或读者,使之能得到一些教益。其实证为《格列佛游记》本身。《游记》,顾名思义,乃是游历之"记载",不过,出自斯威夫特笔下的,都是海客谈瀛式的虚构故事。① 虚构意在娱乐读者公众,往往能够比实情对读者产生更大的影响:

> 就头脑或理解力而言,虚构比实情具有多么大的优点,这是显而易见的。……想象力可以构造出比命运或大自然不惜花费提供的更为崇高的场景,产生出更为惊人的变革。②

斯威夫特曾说过,一位作家的写作,除非极端有益于人类的全面福利,否则便绝无可能拥有不朽的名声,赢得人们永恒的纪念;与此同时,经过解剖人性,他吃惊地发现,凡有益于人类公共福利的写作,唯有经过两种方式:教训或娱乐。因此,为了有效地服务于人类公共福利,须将这两者,亦即"有益之物"和"怡人之物","巧妙地糅和到了一起"。③ 我

---

① 看起来,在整部《游记》中,写作《游记》是唯一的实话。
② 斯威夫特:《木桶的故事·格列佛游记》,主万、张健译,人民文学出版社2000年版,第126页。
③ 同上书,第91—92页。

以为,写作《格列佛游记》时的斯威夫特不仅没有放弃这一早年的理想,而且以更好的方式实现了这种"糅和"。对他在《游记》中的高调声明("我是为了最崇高的目的而写:告知,指导人类","而不是娱乐"),必须像对他的"真实性"声明那样来读。《格列佛游记》的最终目的自然不在"娱乐",却依然需要"透过娱乐",因为,正如斯威夫特早已指出的,"人类如今乐意认为,他通过**娱乐**比通过**教育**得到了更大的利益"。① 可见,要爱人类,便不能置人类所"乐意"的于不顾。署名编者理查·辛普森的"致读者函"如实表达了斯威夫特寓教训于娱乐的真实意图:将《游记》"大胆公诸于世,盼望至少能暂时为我们的年轻贵族提供比政治和党派的寻常杂文更好的娱乐"。②

据说,娱乐的本义为:离开。或许,人的沉醉,便是一种从当下之"我"的出离,是人至少暂时"离开"或摆脱那只一味关注关涉自身利害之事物的日常状态。这种"离开"是让人自身能够获得真正改善的一个重要条件。格列佛的"出游",自然是一种"离开",与他的不涉利害的强烈好奇

---

① 斯威夫特:《木桶的故事·格列佛游记》,主万、张健译,人民文学出版社 2000 年版,第 92 页。
② 绥夫特:《格理弗游记》,单德兴译注,台北联经出版公司 2004 年版,第 14—15 页。

心有关。好奇心推动格列佛超脱俗务,在出人意料的历险和奇遇中,逐渐增进对自身的认识,从而也使自身得到了改善。不仅如此,格列佛还使自己的"出游",化为对读者而言的"娱乐"——"写作就如同出游"①——"向人类报导所见所闻,并且教导他们"。② 这是一个由"观看"向"言说"折返的过程。在"观看"中,格列佛的"我"随着景象和对象的变化,时而大,时而小;只是由于见了慧骃,格列佛才终止了视觉上的"观光"——闭眼不见世人,返回对自我的认识之中。而从对自我之"思"(内在之言),到"写作"(外在之言),或者说,从自我放逐于社会,到真正回归于社会,其间的道路自然更加漫长而艰辛,绝不亚于格列佛的海外历险,只因这是一个哲学的、内在的心路历程,在《游记》中几乎看不到它的痕迹,我们所能看到的,只是自我放逐的格列佛再度自觉回归,从事于旨在教化的"游记"的写作(言说)。于是,世人或读者也能从格列佛的"离开"(以及"回归")中有所获益。

斯威夫特认为,"游记作者的主要目的是使人变得更为

---

① Jonathan Swift, *Gulliver's Travels and Other Writings*, edited and with an introduction by Miriam Kosh Starkman, Bantam Classic edition, March 1981, p. 381.

② 《格列佛游记》,前揭,第 234 页。

聪明、善良,举出一些异乡的事例,不管是好的还是坏的,来改善人们的思想"。① 阅读,尤其对诗性作品的诵读,同样可能意味着一种当下的迷失的经验,一种自我出离于日常生活的净化。当然,就娱乐尤其是讽刺作品而言,倘若这一目标要有所实现,读者还需牢记斯威夫特曾反复说过的:

> 讽刺文学是一面镜子,照镜者往往在其中发现了每个人的面孔,却偏偏没有自己的,这正是世人能够接受它而极少感到被冒犯的主要原因。②

又,

> 讽刺文学因为是针对着大众的,从来不曾为了一次冒犯而遭到任何人的怨恨,因为每个个别的人都自行理解它讽刺的是别人,很明智地把自己的那部分负担转移到世人的肩上。③

---

① 《格列佛游记》,前揭,第233页。
② 斯威夫特:《图书馆里的古今之战》,李春长译,华夏出版社2015年版,第196页。
③ 斯威夫特:《木桶的故事·格列佛游记》,主万、张健译,人民文学出版社2000年版,第39页。

讽刺文比歌功颂德文更能娱乐大众的原因,恰恰是因为迎合了人性中的这种弱点。不过,倘若读者不但能被娱乐,而且也能反讽如格列佛那样,不仅能"观看"——与格列佛一起,而且能"言说"——反躬自省,才能不光从娱乐中得到快乐,而且还能得到教益。①

2. 真实性问题与古人

自古以来,旨在教化的写作不是一件简单述说真理的事。其实,古人大概认为,惟有神(或许,还有格列佛笔下的慧骃),才有资格说:"请静听我告诉你们真理。"斯威夫特曾说:"让事物显示出它们最真实、最正当的本质,是人类最伟

---

① 人的这个弱点,与耶胡完全相同。慧骃说,耶胡彼此憎恨胜过对其他动物,是因为它们只能在其他同类身上看到可憎之态,却看不到自己。(《格列佛游记》,前揭,第 206—207 页)讽刺之存在,正与人(和耶胡)的这个特点有关。只是人如要胜过耶胡,就要能够反观自我。讽刺应当成为人从事于自我认识的转捩点,这样,才能克服人与人之间的彼此憎恨,这也是《游记》结尾所到达之处:格列佛意识到了自己身上的"骄傲",他经常看镜子,这使他能够逐渐习惯于与人(自我和他人)相处。在结尾章中,斯威夫特将这一立足于自我认识之上的教育,与另一种充斥着权力意欲的"教育"相对照:后者便是类似于欧洲殖民者施之于所谓野蛮民族的那一种,这是一种很难不激发出憎恨和敌意的"教化"(civilizing)。

大、最优秀的行为之一"①,然而,好说谎言与爱好谎言,不正是人的本性的一部分吗?或许,这是能够直白说出的有关人性的唯一真理:人类正是那个克里特人。悖论的是,人似乎就是在他的言辞所"虚构"的世界中,获得了他的真实生活或所认为的生命的真正意义。相反,那个现代科学所言说的"真实"事物的世界,却愈来愈把人的本质,局限于他的皮肉器官,以至于像拉格多科学院,必使人的精神性存在,还原为食物和粪便,似乎舍此便无法从事物理性的操作,而以高科技为基础的权力,便也无用武之地了。自然科学的那种使世界"脱魅"的求真意志,若被运用于以权力利益为旨趣的活动中,尤其是一旦成为权力运作的指导原则,便会使人类的生活世界,成为一个被无所不在的权力射线所穿透了的对权力而言的"透明"世界——却是对人而言的丧失了终极意义的世界。

与这种对"物"的真实性追求相比,自然的、生活着的人们倒更偏爱虚假,个中原因,与其说是因为人的劣根性,不如说是因为人处于真假之间的自然本性。人不是神,也不是慧骃,更非其他生物或者非生物——所有这些存在,都能当下地、表里如一地呈现出它们之所是,唯有人与之不同。人常

---

① 斯威夫特:《木桶的故事·格列佛游记》,主万、张健译,人民文学出版社2000年版,第118页。

常是其所不是,或者,不是其所是,换言之,他们总是介于作为纯粹存在者的自然慧骃与作为影子和幽灵的反自然的耶胡之间。也正是人的这种特性,让生来具有关于事物之所是(本性)的知识的理性动物慧骃陷入困境。

对人而言的"事物",乃是与人相关的事务。但是,这一被古典哲学视作认知根本目的的东西,却成为现代科学的盲区。现代科学家,或者像飞岛上的科技哲人,或者像拥有纯粹理性的道德哲"人"慧骃,都遗忘了人的科学。这种从根本上无关乎人的现代自然科学或者道德科学,以纯粹"真实性"相标榜,以所谓能认知的本性(自然)为不变之事实,而将一切人为的政治或社会设置,视作无非是在这一认知基础上的利用或操纵,以至将人本身当作是有待处理的客体,如拉格多科学家那样,把自然人性理解为能被科学技术认知和加工、操纵的物性。一切存在均在根本上被视作与制作相关。于是,人性教养的古典问题,一变而为技术制作问题,与此相关,在政治中,技术性行为遂取古典教育而代之,人性教养这一古典政治哲学的核心问题遂淡出现代科学或知识追求的视野。

在象征现代科学的拉格多科学院的研究中,思想不再被看作一种精神性或灵魂的活动,而是被视为物质或生理性的活动。以技术改造人性这一观念的极致,便是把思想等同于物理客体,可以被探测、被摆布、被位移、被切割。这不正是

《一九八四》中从事于系统、全面的谎言生产或制造、以技术手段控制人的思想的极权控制的滥觞吗?

既然存在不过就是被认知或被制作,那么,人为的认知或制作,似乎就决定了事物的存在。在现代社会,制作不仅涉及各种日用器物,而且涉及言辞、文字等抽象符号。思想不再是具体生命的神奇礼物,而是外在规划的、系统化制作的产品。甚至所谓"事实",也不过是对于文字或言辞的人为制作。所制作的有关事物的言辞或文字,反过来成为使事物之所是得以规定或呈现的决定力量。于是,人的任意制作——其主角自然是系统化的权力——便成为"创造"历史或事实的主要方式。奥威尔《一九八四》展示了这种对言辞、文字的系统控制:统治者有计划地从事于文字的生产、再生产和消费,甚至于像对付战场敌人那样,以一切侦察手段、权谋和强力来对付任何有生命的、哪怕残存的思想,对其进行探测、甄别、输送、变形之类操作。思想、文字的产出,变得与物质产品的生产毫无区别:受到全面的、有计划的控制。

奥威尔并非不清楚、凡尝试"不是冷静的'智力上的'写作"的作家,"需要用巧妙的迂回方式"(其典型为诗)①,甚

---

① 乔治·奥威尔:《我为什么要写作》,董乐山译,上海译文出版社2007年版,第127—128页。

至因此还曾乐观地表示,"即便是在最严厉的专政制度下,难道作家就不能够在内心深处仍保持自由思想,而将异端的想法进行提炼或加以掩饰,以使愚蠢的当局者难以辨别出来吗?"所以,即便"极权主义的环境绝对不适于任何类型的散文作家",但"诗人,至少是抒情诗人或许在其中还有生存空间……"① 然而,所有这一切,不论"迂回方式",还是"诗"甚至"抒情诗"式的表达,都未被用之于《一九八四》。取而代之的是一种驱除了一切神秘性和诗意,只求对事物本来面目作清晰还原的平淡无奇的直白叙述文体,即所谓"新新闻写作"(New Journalis)。② 这表明,对古老的作者传统——作者之为文字的真正主人,能够赋予文字以创造性的丰富意味——在现代世界的延续,写作《一九八四》时的奥威尔已不再怀抱希望。在一个极权时代,权力监控了所有文字乃至一切观念的生成,主导并从事于它们的批量生产、修改、组合、调配和利用。在此时代,那致力于人性完善的旨在教育或娱乐的写作者,与那些旨在巩固或扩张权力、甚至败坏人

---

① 乔治·奥威尔:《政治与英语》,郭妍俪译,江苏教育出版社2006年版,第249、251页。
② 参见董乐山:《奥威尔和他的〈一九八四〉》,载奥威尔:《一九八四》,董乐山译,上海译文出版社2003年版,第9页;西蒙·黎斯:《奥威尔论——政治的恐怖》,载奥威尔:《我为什么要写作》,董乐山译,上海译文出版社2007年版,第11页。

性而篡改事实或历史的统治者在所做的事情上并无不同,似乎都在从事于虚构或谎言的制作,因此,个别的、私人的作者对此种方式的运用将变得不再有意义,甚至完全不可能。在此状态下,回归现代物理和技术的真实观,倒似乎成为克服权力系统造伪的唯一出路。但是,这也使得谎言与真实的古老辩证法,更难以为现代人所理解。至此,任何文字都将失去自古以来开启一种使彼此各异之个体得以共同生活的家园的神奇作用,而沦为单纯的物质性痕迹,或指示性记号。

斯威夫特的处境与奥威尔不同——他们分别立于现代国家的开端和终结。在斯威夫特的时代,光芒四射的现代人才刚刚让古代人"闪烁的微光……黯然失色"①,而站在现代门槛上的斯威夫特依然留存着关于古代智慧的鲜明记忆,他坚信从事于人性教化的写作。然而,这种写作的技艺既无法取自具有纯粹理性的慧骃,也不可能取自飞岛哲人:在对待谎言的态度上面,他们都是现代人。

《格列佛游记》不是出于地理科学家或人类学家笔下的"实录"。小说诉诸的是虚构、娱乐和讽刺的手法。换言之,格列佛一旦着手于写作,似乎就不得不抛弃慧骃的教诲,从

---

① 斯威夫特:《木桶的故事·格列佛游记》,主万、张健译,人民文学出版社2000年版,第92页。

事于说谎。但是,格列佛的"说谎"与一般的小说(虚构之作)的不同究竟在何处——毕竟,他曾亲炙于慧骃的教诲,对生来具有无数劣根性的耶胡深恶痛绝?显然,这种写作需要作者明辨爱憎与是非,精通真伪、虚实之辩证法。那么,写作《游记》的格列佛,又是从何处学到这套技艺的呢?

格列佛自述曾列籍于剑桥三年,17岁辍学,以后虽然又学了几年医术和航海术,却还不能说是一个有学问的人,他后来的学问看来主要得自于游历途中。那么,他写作《游记》的技艺,从何而来?显然,既不可能得诸只能教给他"真相"的、不会虚构、更不懂教化耶胡的他所仰慕的慧骃;也不可能得诸手握先进科技的飞岛哲人或拉格多科学家——他们擅长压制或严控下民或臣民,尤其善于利用高科技设备识别种种虚假和伪装。在格列佛的游历途中,我们可否发现适用于对格列佛这个"轻信者"或"说谎者"而言的写作《游记》这部虚拟之作的技艺的痕迹?或者说,斯威夫特是否曾在书中将这一技艺多少透露给读者?

其实,在斯威夫特原本打算作为《游记》第四部分即现第三部分中,可以发现关于这个问题的若干线索。现第三部分是《游记》四部分中结构最复杂、最精妙和最神秘的部分,主要叙述了四个国家:飞岛国、作为飞岛下属的大地上的巴尔尼巴比、巫人岛和有不死之人的拉格奈格,四者之间构成了彼此呼应和对照的复杂关系。倘若把"现代"看作第三部分的基调的话,那么,其中名为格勒大锥的巫人岛就显得有点格格不入,尤其是当它介于格列佛毫无留恋之心的格拉多与有长生不死之人的令人厌恶的拉格奈格之间时。飞岛和拉格多的种种"现代性"已如前述,至于拉格奈格,虽是一种传统僭主政治,但是,它的那些长生不死之人,不正折射出现代人的最大梦想吗?

巫人岛是第三部分的一个例外。这个岛的得名,乃因该岛岛主所拥有的一种巫术——可随意召唤亡灵,使之现身,故而又称作"鬼国"。换言之,这是一个面向过去的国度。如果说,现代科学的宗旨是让活着的人不死,那么,巫人岛的巫术则是让死去的人复活;极其"古老"的巫术原本就与科学的"现代"色彩构成了尖锐的对立。

让死人复活,尤其让古人复活,这种技术会让现代人感兴趣吗?似乎不会。现代人只关心他们自己及其未来,除非那些对死人,或者说,对往昔的历史——准确地说,对人类的活动,从而对人本身——怀有兴趣的人。毕竟,倘若死人能够复活,那么,历史上多少聚讼不休的千古之谜,岂不迎刃而解了?看来,巫人岛故事的主题,与我们在此讨论的真实性问题密切相关。

真实性问题,是自 16 世纪以来现代哲学或科学的核心问题之一。培根的科学、笛卡尔的哲学,无不发展于对何谓"真"这一问题的探索,经验的方法,或者,"自我"的肯认,都与对真的根本探索有关,而这个问题也是通篇荒唐之辞——大人国、小人国、飞的岛、理性的马——的《格列佛游记》的核心问题之一。格列佛于游历途中,见识了三种求真之法:其一是在飞岛和拉格多所见识的自然科学之法,所寻求的是与物性有关的"真",此法也被运用于对人心的探察;其二是慧骃的"真"知——基于本性(本能)的关于万物之自然的理性知识。这两者都并非关乎人的事物(人事)之"真":自然科学视"人"为"物";慧骃不具有实践智慧,无法处理或理解相异或变化,甚至无法拥有关于自身的历史知识。

其三,亦即真正关涉人及人性之真实的,乃是历史知识。历史是人的现实活动和创造的印迹,是关于人和人性知识的基础。要了解人和人性,需要求诸历史。① 但是,什么是历史?这个根本问题在自文艺复兴以来的"古学复兴"当中并没有变得更清楚,而是愈来愈混淆和模糊。那种一般所认为的有关人类过往活动的记载即文献或史料之可靠性是否足

---

① 斯威夫特素来重视历史。他在早年著作《书籍之战》中,让诗人统率骑兵,让哲人统率弓箭手,而让史家——希罗多德、李维——统率在古代战争中起决定作用的重装步兵。(氏著《图书馆里的古今之战》,前揭,第207页)

以使之成为人的自我认识或人类认识自身的基础？格列佛在巫人岛上得以亲见诸多古代亡灵之后，方才恍然大悟，原来所谓历史记载大多颠倒黑白是非：真正建立伟大功绩者大多湮没无闻，虽有少数载入史册，却被写成了最卑鄙的流氓和卖国贼。

登上巫人岛之后的格列佛几乎具有一种经历大人国和慧骃国相类似的消极情绪——对历代权威解释和所谓事实记载的不信任。在物理之"真"、自然之"真"和历史之"真"三者中，历史真实性的问题最严重。慧骃的"真实"源于其自然本能；科学的"真实"受效验的约束，与虚假的科学相比，人们更多地从真实的科学中获益。而人的历史向来处在云山雾罩之中，不论过去还是当代的人事记述，莫不充斥着虚假、伪造、欺诳之辞，人似乎向来不像从科学的真实里那样明显从历史的真实中获益，相反，虚假倒更合乎历史制造者的利益。斯威夫特固然不曾预料《一九八四》中那种在权力指令下对"历史"的批量生产、制作和篡改，但是，他确实预见了在这个史无前例地重视"历史"的时代亦即现代中，"历史"将史无前例地成为一个问题。在现代国家，人或事物之存在与否以及如何存在，将愈来愈取决于国家权力的编纂——世界或历史不再是其所是，而是相反，只是权力撰写的剧本或事后的无论何种说明。

看来，凡欲了解人世和人事的真相，大概也不能相信，或者至少不能太相信所谓的历史记载。真正的历史不等同于文献和史料，直接求诸后者人们几乎无法获得多少真实，除非他首先能对自称真实的这些文献和史料的真伪作出准确的判断。但是，要这样做，似乎就得拥有巫人岛岛主的巫术：召唤亡灵到场，"命令他们回答我认为有必要提出的问题"①——因为，亡灵是不会说谎的，在阴间说谎没有用处。

这样，在述说物理之真的科学家、述说自然之真的慧骃之外，我们在《游记》中得到了关于真实的第三类述说者：述说历史或人事之真的亡灵。想要获得有关人世和人事之真，以考察人性并从事于改善人性之教育，似乎只有向亡灵学习。换言之，想要获得有关人的真实知识，或者，真正的历史知识，就不能只倚靠所谓文献、记载，而是要拥有与古人相交往的"技艺"。谁拥有这种"技艺"，谁就能够接近历史或人事之真实；缺乏这种"技艺"，就无法分辨史料的良窳；更重要的是，无法学到真伪、虚实之辨的辩证法。

那么，这究竟是怎样的一种神奇的"巫术"或"技艺"呢？

巫人岛岛主的巫术的本质在于生者能够与死者或亡灵

---

① 《格列佛游记》，前揭，第155—156页。

对话。柏拉图《申辩篇》(41C)中写道,苏格拉底在法庭上告诉陪审团,在法庭上讲真话是无用的,他毋宁诉之于彼界(冥间),那里的审判者才是真正能知真相的、公正的法官——"和他们相处,和他们交谈,向他们发问题,都是无限幸福"。① 因为只有与亡灵才能谈论"真理",所以与亡灵对话是无限幸福的事。照此,巫人岛岛主属于"无限幸福"之人;格列佛也可被归入这一类,他在与许多著名历史人物对话后,"简直无法说出心中的痛快淋漓"。②

问题在于,苏格拉底并没有巫人岛岛主的巫术,他只有在进入另一个世界,即死后,才能与其他亡灵交往。格列佛虽然也没有巫术,却不必死,因为借助巫人岛岛主的巫术,他也能见到许多古代伟大学者和贤人——"用了五天时间跟许多古代学者谈话"。③ 这五天时间里,格列佛和这些亡灵都谈了些什么,书里没有细说:这些内容"读者们一定会觉得沉闷无聊"。④ 不过,我们有理由猜测,他是否从与古人的直接交谈中学到了真正与古人相与之道。因为,这些古代伟大学者和贤人,至少自苏格拉底开始,便致力于探讨与古人相与

---

① 柏拉图:《游叙弗伦·苏格拉底的申辩·克力同》,严群译,商务印书馆1983年版,第79页。
② 《格列佛游记》,前揭,第157页。
③ 同上书,第158页。
④ 同上书,第157页。

之道。苏格拉底视哲学为死亡训练,即谓哲学乃是与死人或古人的共同生活。他的高徒柏拉图得其真传,所作对话,始于苏格拉底的受审和就死,因此,对话中的苏格拉底,无异于柏拉图以文字召唤出场的苏格拉底的亡灵:在柏拉图的文字中,对苏格拉底的亡灵,可以相处,可以交谈,可以发问,后者也一定会真诚相告。就此而论,柏拉图也不必像其师苏格拉底,似乎也拥有了类似于巫人岛岛主的巫术:召唤亡灵到场,询之以自然或人事之真实的问题,只是以文字——诗或戏剧——的方式。① 正如卢克莱修所说,

> 用女神柔和的语声,
> 正好象是把它涂上诗的蜜汁——
> 如果用这个方法我幸而能够
> 把你的心神留住在我的诗句上,
> 直至你看透了万有事物的本性,
> 以及那交织成的结构是怎么样。②

---

① 柏拉图和苏格拉底的与古人相与之道不同:在《理想国》中,苏格拉底驳斥了诗人——尤其荷马,要求将后者逐出城邦,相反,柏拉图却创作了最富于诗性的苏格拉底对话,包括《理想国》。
② 卢克莱修:《物性论》,方书春译,商务印书馆1981年第2版,第51页。

幸运地借助了岛主巫术的格列佛,很可能得着了这一诗史的"巫术"传统的真传。这个传统的源头,正是荷马——格列佛点名要见的古代学者和贤人亡灵中的头一个。荷马笔下的奥德修斯,一位通过游历而获得对于自身之真正认识的漫游者,正是一位说谎的大师,亦曾深入冥府,与亡灵们交谈,向忒瑞西阿斯询问关于未来的真相。①

格列佛自慧骃处学到反躬自省,而对他人之爱,对人间事务的关怀,则习自古人:与亡灵的对话。毕竟,人类永远无法像慧骃那样,其言行自然地合于理性,而只能借着意见或"谎言"的不断辩说,才有可能接近于真理。因此,不单从慧骃那里得到自省和对真实性的模仿,而且从古人那里得到的方法,才是使《格列佛游记》具有异乎寻常的"真实性"的真正秘密。格列佛从古代旨在人的改善的著述传统——而非慧骃式形而上学或飞岛哲人式现代科学——之中,获得了教化写作这门技艺。显然,惟有在自荷马、柏拉图以来的大书中才能获得关于"真实性"的真正认识。因此,巫人岛的故事,在《游记》中篇幅最短(第三部分 7—8 两章),却绝非最不重要。"游记"是关于游历的记述,用异

---

① 格列佛与奥德修斯一样,也经历了"真理"的考验:奥德修斯将自己绑在桅杆上,从而免于迷失于塞壬的美妙歌声,格列佛一度迷失于慧骃国度,尽管缺乏奥德修斯的智慧,最终还是恢复了自知。

国风情和奇遇历险的情节吸引读者,而与古人交谈之事,"读者们一定会觉得沉闷无聊"。只是行了万里路的格列佛,之所以能从游历中有所得——游历之目的远非因为在远方的某处现成存放着真理经书,故不是"取经",而是因为能够由此获得关于自身的缺陷或不足的意识,去除习惯的迷障(包括在游历途中如在慧骃国新陷入者)——或许是因为,"我身边总有许多书籍,闲时候我就读古代的和现代的最好作品"①的缘故,这是《游记》开篇的一句平淡的、不甚引人注意的话,巫人岛的故事,也可以被看作对这句话的一个注脚。

事关人的真理,只能源于自我以及与自我相关的历史。1735年版新增的作为序言的"致辛普森的一封信"中对真实性的频繁暗示,到通篇叙事的"漏洞百出"尤其到了最后一章对《埃涅阿斯纪》中西农自白的引用而全面否定其对真实性的自称,意在暗示一个更高的"真实性"概念。这一"真实性"乃是与人事相关的,而惟有借助古老的诗史传统,才有可能学到有关真伪、虚实的辩证法。在慧骃国时,

---

① 《格列佛游记》,前揭,第4页。对照一下《鲁滨孙漂流记》是很有意思的,鲁滨孙之所以得以"自救"而没有像流落到慧骃国的耶胡那般堕落、退化,原因之一是他所拥有的一本书,也是唯一的一本书——《圣经》;原因之二是他的"孤独"。

格列佛为了向慧骃们解释人出于各种欲望而有的种种行为时，不得不"用举例、假设等方法来说明这些事"①，暗示了他其实多少已经拥有了这一技艺。相比之下，科学家通过直接的观察以得到关于"物"的真实，慧骃基于它们的天赋理性来表达的"物"的自然，显得既简单、又科学，却与人事之真实无关。但是，随着现代科学理性的昌明以及在进步的乐观信念下，有关人性以及教化人的古老技艺逐渐被遗忘。一旦人不复拥有作为真实性之源泉的传统，或许只能如奥威尔那样，慨叹"历史"将终结于现代权力的任性妄为了。② 因此，斯威夫特把巫人岛故事，放在以飞岛为理想、以科学技术为基础的象征现代世界的第三部分中，可谓寓意深远——正是在这一"现代"部分中，令人吃惊地出现了最多数量的古人，或许，斯威夫特正是为了彰显与古人交往之技艺对于现代人和现代生活的意义，用布鲁姆的话来说，

---

① 《格列佛游记》，前揭，第194页。

② 奥威尔有句名言——"历史在1936年停止了"。经历了1936年西班牙内战后，奥威尔意识到，"尽管绝大多数历史记载是不准确的、有偏见的"，但是，"历史能够被真实地写就的观念，被彻底抛弃"，则是到了他的时代才产生的现象："有关客观真实的观念，在这个世界上正在消失"。（乔治·奥威尔：《政治与文学》，李存捧译，译林出版社2011年版，第167—169页）在20世纪，意识到历史在现时代正在"被摧毁"的，还有汉娜·阿伦特。她在《极权主义的起源》中指出，"事实"遭到了有意识地控制，以用于证明意见。（参见氏著《极权主义的起源》，林骧华译，三联书店2008年版，第44页。）

就是——

"学会了如何在自己的时代以古人的视角进行生活。"①

---

① 阿兰·布鲁姆:《巨人与侏儒》,张辉选编,秦露等译,华夏出版社2003年版,第351页。

后　记

多年前我在政治学专业本科生的阅读书目中,列入了斯威夫特的《格列佛游记》。那时,为了讲解这本书,我读了布鲁姆的《巨人与侏儒——〈格列佛游记〉述略》和其他一些相关研究,但是依然有不少困惑。2015 年,我在《西方政治哲学原著选读》课中又开列了此书。为此,我把这本书又细细读过,发现以前困扰我的一些问题,豁然而解了。于是就写了这篇阐释《格列佛游记》的文字。

从事哲学和社会科学学习和研究的人,是否也应读一点小说,始终是一个问题。尽管中国经历了清末民初的"小说界革命",但是,小说的地位似乎依然并不很高,其原因,倒并非自班固《汉志》以来,小说被排斥于"可观者九家"外或一为文人便"不足观"的旧传统,而是与现代的学术体制关系密切。据我所知,倘若学院中人创作小说,是不能被算作学术成果的,算数的,是严肃庄重的论文专著或高头讲章。

其实,以求真为目的的系统理论或历史书写,与虚构文学之间的判然二分,主要是现代以来才有的现象。越往古代去,它们的边界就越模糊。史家司马迁、希罗多德的笔下多小说家言,而小说家施耐庵、曹雪芹的作品里则不乏史笔,这已为人们所公认。柏拉图的《理想国》,今天无疑会被视作哲学著作的典范,但是,清末梁启超在规划系列小说出版时,该书作为其中之一,与儒勒·凡尔纳《海底二万里》一起,被归入哲理科学小说一类中,足见当时人还将之视作一部文学作品。

据说,小说之所以为人所轻,在于它"全构虚辞",而治史或论理之所以为人所重,在于它探求的是事实或真理。然而,何以"虚构"便不如"写实"来得真?亚里士多德就认为,"诗"在真的程度上高于"史"。严复、夏曾佑说得好:"有人身所作之史,有人心所构之史,而今日人心之营构,即为他日人身之所作。"柏拉图的"理想国"、莫尔的"乌托邦",似乎都不外乎托诸空言、向壁虚构,然而,这些"理想"之真理性,又何尝低于无数曾一度存在过的事物。

在古人那里尚且保存着一种为今人所忽视的"真实性"

观念,正是这一观念使"虚构"的叙事可能在真实性上高于作为"实录"的叙事。对写下了《搜神记》的干宝,刘真长谓之"鬼之董狐"。鬼,虚构之存在;董狐,直言不隐、秉笔直书的史家。可见,关于虚构之存在,亦存在着真实性问题。

更重要的是,在古人那里,无论学术,还是艺术,都以服务于人生或人心为其至高鹄的。一部作品,无论求真、记实,还是虚构,莫不被认为应以此为根本旨归。倘若牢记这一点,就可以发现,那些类似于今天学术论文的古代作品,未必像我们所认为的那样"严肃"。就服务于人生之教化这一点而言,马基雅维里的《曼陀罗花》并不比他的《君主论》更不重要,卢梭的《新爱洛漪丝》、《忏悔录》、《漫步遐想录》,其重要性也丝毫不亚于他的论文《论人类不平等的起源和基础》、《社会契约论》,而就对当时社会的影响而言,前者都远胜于后者。又如,对于20世纪的极权政治以及人类政治的未来,还有什么理论著作,比奥威尔的《一九八四》、赫胥黎的《美丽新世界》,表现得更加真实,而且,令人警醒呢?

小说、戏剧,最能动人心,故其于世道人心的作用,较历史或理论,往往有过之而无不及。古希腊城邦的公民教育,有荷马的《史诗》、埃斯库罗斯、索福克勒斯、欧里庇得斯、阿里斯托芬的戏剧。中国古代的君子教育,先有诗与史,后又有小说,《隋书·经藉志》云:"儒、道、小说,圣人之教也,而有所偏。"可见就教化而言,小说足可与儒、道相提并论。

　　近世以来,无论中西,小说都已有了大的发展,早已不再局限于街说巷议、卮言琐语,其对民众和对社会的影响,也已大大胜于昔日。因此,今天,研究哲学、社会科学的人,读一点小说,不也是很恰当的吗?

　　本书内容曾发表于《复旦政治哲学评论》第 7 辑,其中部分也曾发表于《政治思想史》2015 年第 3 期。这次在交"六点评论"出版之前,又做了一点修订。

　　最后,感谢倪为国先生的邀约和陈哲泓先生的细致工作,没有他们的努力,也就没有本书的出版。

洪　涛

2017 年 2 月 11 日元宵

汉语思想的文体形式

刘宁◎著

汉语思想具有独特的表达方式,经学传统中的注疏、经义、语录,子学传统中的论著体,文章学传统中的论、议等说理议论文体,这三大文体传统各有其形成渊源、形式特点,彼此交融互涉,共同建构了汉语思想的传统表达方式。近代以来,西学思想表达的论著体式进入中国,并逐渐取得支配性的地位,《汉语思想的文体形式》将详细分析这一过程,并指出,这并不是一个由论著体简单取代注疏体的过程,而是西学论著体式与汉语三大思想文体传统发生了复杂的冲突与交融。今日所谓"汉话胡说"之"胡说"的独特面貌,与这个交融的过程有密切的联系。本书揭示了汉语思想表达的文体传统,"汉说"在中国历史上究竟意味着怎样的一整套丰富的表达方式。

经学的瓦解

陈壁生◎著

随着辛亥革命带来的帝制消失,与新文化运动带来的反传统思潮,中国学术也卷入了一场深层次的"革命"之中。这场革命的核心内容就是:经学的瓦解。《经学的瓦解》展现了西学东渐中,中国学术研究的主流整体性从章太炎的"以史为本"转向胡适之的"以史料为本",新文化运动、整理国故、古史辨相继兴起,全面移植西方学术分科,从而实现中国学术现代转型的基本历程。本书从经学角度对现代分科之学赖以成立的一系列预设提出质疑。中国文明的核心即在经学,经学大义之相传,方能保礼乐文明之不坠。作者提出:重回经学!

阿Q生命中的六个瞬间

汪晖◎著

本书是汪晖关于鲁迅以及辛亥革命研究的最新力作。作者通过对阿Q生命中的六个瞬间的细致分析,把阿Q的形象置于中国革命的历史解释和文学叙述中来解读,从崭新的视野回答了鲁迅《阿Q正传》研究史上的三大经典问题,由此对辛亥革命和现代启蒙进行思考。

重回王道:儒家与世界秩序

干春松◎著

儒家能否复兴?又该如何复兴?本书当置于儒家复兴的现代处境,立论于中国的经学传统,讨论中国的"王道政治"问题,提出了"王道政治"与世界秩序的通约,在此基础上探索儒家(政治传统)复兴的可能性,以及如何复兴,复兴什么。作者以独到的见解、丰富的材料、严谨的论述、尖锐的语言回答了:中国回归王道政治的若干选择。

儒家道统说新探

梁涛◎著

本书首先从清华简《保训》切入，以长篇论文形式探讨儒家之"中"，内容涉及先秦儒家的"弘道"意识、宋代儒家学者道统说辨疑、中道思想溯源等，在此基础上，作者重新思考儒家道统论，认为儒家道统既非朱熹等宋儒构造的"仁义—中"，亦非历史上曾经存在的"礼义—中"，而是二者的结合，是仁学与礼学的结合。

为"三纲"正名

方朝晖◎著

方朝晖明确挑战那种认为"三纲"完全是封建糟粕的非历史主义分析。本书中他指出，三纲思想源于孔子的春秋学，是孔子在春秋时代针对社会失序所提出的匡正之说；通过董仲舒等汉儒，以及朱熹等宋儒的研究，揭示了中国历史上提倡"三纲"的学者从未主张无条件服从，或绝对的等级尊卑。而经过现代分析得到批判继承的三纲思想对当前的社会秩序建设有重要现实意义。

文言与白话：一个世纪的纠结

张宝明◎著

学衡派从学理出发与新青年派进行了对中国现代文化发展意义深远的"文白之争"。新青年派与学衡派，一个热衷于兼收并蓄的"杂文学"，一个钟情于自成一体的"纯文学"。在他们不同的文学观念背后，实则隐藏着话语与权力的文化博弈。本书从语言到话语，从话语到思想，逐层深入，挖掘文言白话论争背后隐含的各种复杂的社会历史，特别是话语权力的痕迹，这会让我们触摸到文言白话的变革所承载的现代中国历史上语言博弈、思想冲撞、社会变迁等复杂内容。

自由与责任四论

谢文郁◎著

本书作者谢文郁将"权利"（自由）与"责任"作为划分政治类型的关键词，循序渐进地论述"权利"与"责任"两种政治的历史渊源，以及此二种政治下的教化问题，其意在努力"寻找一种健康的政治"。作者仅就历史与现实的视角，以学术理论的方法分别剖析此二种政治体系，期盼中国能秉持儒家仁政，传承"责任政治"，以"责任"为本，吸纳西方"权利"对人权的尊重，截彼之长补己之短，将"权利"与"责任"冶为一炉，为中国政治治理提供借鉴。

孔学古微
徐梵澄 ◎ 著

徐梵澄英语著作首次翻译成汉语。

20世纪60年代，侨居南印度琫地舍里的徐梵澄先生，开始向印度乃至西方全面介绍中国文化传统之菁华，第一本英文著作便是《孔学古微》。

书中，徐梵澄先生旨在向外国学者全面介绍孔子，包括生平、著作，教导以及思想。在徐先生看来，这是一本讲述君子品格的书。

徐梵澄先生认为，我们个人在自己的记忆中可能会忘掉许多东西，但一个民族却不能，它不能忘记自己的传统，不仅不能忘记，而且还要在传统中获得新的知识，并且用现代眼光重新理解它和评估它，这正是学者的工作。

论施特劳斯
陈建洪 ◎ 著

施特劳斯是谁？他究竟有怎样的魅力和能力，得以在社会科学研究的洪流中，坚持古典德行的超越？近年以来，随着中国施特劳斯热的兴起，关于其人其书其脉络渊源的研究也层出不穷，不过转渡的、引介的多，原创的少，学样的多，究竟于中国背景和中国问题的少，少之又少。

本书为中国汉语学界原创的，以中国背景和中国问题为导向的施特劳斯思想研究作品。篇幅不长，然而问题精到，阐述清晰，颇能开宗明义，直探其核心要旨，并在此基础上，对施特劳斯思想在中国未来的进路与前景有深刻的反思。

当中国儒学遭遇日本
吴震 ◎ 著

在明治维新（1868）以后的近代日本，儒学遭遇了"日本化"与"近代化"的双重夹击，它被作为"东洋伦理"或"日本道德"的代表，或被化作帝国意识形态下的"国民道德论"，被用来提升全民精神文明，实现"臣民一体"、"道德齐一"，以为由此便可抵御西方精神污染，进而实现"近代超克"直至"解放亚洲"，在此特殊的年代，儒教遭遇了"再日本化"的命运。战后日本，"儒教"名声一落千丈，人们在对"近代日本儒教"猛烈批判之同时，也开始对儒教日本化的诸多理论问题进行省思，人们发现在日本化背后存在着"日本性"问题，亦即"日本化"得以可能的日本自身文化传统究竟何在的问题，丸山真男晚年的"原型"论致力于探寻"日本性"，便与此问题意识密切相关。但是在当今日本，儒学日本化的进程已然中断，其原因是否由于日本已经彻底"西化"抑或已经退缩至"原型"则已非本文所能深究。但可肯定的是，对于尚在"现代化"进程中的中国而言，各种西学的"中国化"既是实践问题又是理论问题。

司马迁之志
陈文洁◎著

撰《史记》的缘由，司马迁自己在《史记》末篇表述得很清楚，即是承父志而继《春秋》。于此，历来论家多无异议。

然而，在今天看来，《史记》的根本著述动机并未因此显明，仍存在需要澄清、辨析的地方。本书从文质之辨、君臣之际、《论六家要指》的意义等角度，详尽辨析了《史记》之"继春秋"说。

现代生活的古代资源
吴飞◎著

《现代生活的古代资源》收入了吴飞近年来陆续写出的十一篇文化随笔。在目前复兴国学的各种声音极其嘈杂的状况下，吴飞教授既反对盲目的复古主义，也反对对传统思想的全面否定。他主张：在认同现代世界的基本价值的前提下，以古代文明的资源来平衡现代性的各种问题，从而使现代生活变得更加丰富，这既是西方现代性的经验，也应该是现代中国文化的未来。

百年共和之义
刘小枫◎著

辛亥革命以来，中国已走过百年共和之路。刘小枫就百年共和之义，以敏锐的眼光从思想史角度选取关键的历史人物（如毛泽东）和事件（如抗美援朝），考察中国百年的民主共和思想在古今之争背景下的跌宕历程。

《百年共和之义》所收录的这些文章，不仅仅要为将来的历史思考留下备查的文献，更重要的是，作者从古典政治哲学视角出发，力图使百年共和的关键人物和事件越出单纯的现代范畴，在最为广泛纵深的思想史层面彰显其意义。

权力与理性
曹天予◎著

本书认为，马克思主义和自由主义的关联，只有在世界史的语境中才能得到恰当的理解。自由主义是资本主义市场经济的产物，而马克思主义则是在资本主义发展到一定阶段才形成的。自由主义对资本主义的政治、经济、道德文化等持有肯定的态度，而马克思主义的则既肯定又否定，因而马克思主义与自由主义也是继承而否定、对立而统一的辩证关系。自由主义的理想是历史终结于市场经济和代议民主；马克思主义的目标，则是经由世界革命和共产主义而实现人类的解放。马克思主义与自由主义的关系，说到底是个如何超越资本主义的问题，其答案只能是扬弃。

内圣外王

胡水君◎著

本书从中西人文主义之道德与理性出发,在古今中外的对比中,沿着道德、功利、治理、政制四个层面分析历史上法家、儒家与西方的三种法治形态,考察法治的认知理性基础和道德理性基础,以此开拓中国法治乃至现代法治的道德人文维度。因此,本书基于"内圣"与"外王"的内在联系,尝试对中国的法治构建作一种人文审视,这在很大程度上也是对古今法治的总体审视,进而探寻融会古今中西的中国政治和法律发展道路。

齐物的哲学

石井刚◎著

本书作者石井刚供职于东京大学综合文化研究科,此书是其近年来对中国思想史、特别是对章太炎思想研究的中文论文合辑。此书由六篇文章组成,材料详实,论证扎实,别具新意地从章太炎《齐物论释》一文的阐释出发,提出了"齐物的哲学"这一核心概念。以这一概念为轴心,作者纵向考察了章太炎与以戴震为代表的清朝学术共同体的复杂关系,横向比较了近代日本若干著名思想家与章太炎之异同,并指出,对章太炎思想资源的重新开掘有助于我们反思整个东亚所面临的、来自西方的现代性挑战。

西学断章

刘小枫◎著

《西学断章》是刘小枫教授近年来关于西方思想史的心得专论。本书从古希腊自然哲人赫拉克利特谈起,致力考察西方思想史上三大历史时期(古希腊罗马时期、西方基督教时期、西方现代化时期)哲学与宗教思想的关系,以此整理出基督教思想与西方古典传统的关系这一重大问题的线索。本研究贯穿整个西方思想史,却从思想史上的具体细节着手,展现了作者在西学领域多年耕耘的思想线索和研究成果。

四种分叉

赵汀阳◎著

"万物为什么存在而不是不存在?"这个问题自古代以来,就萦绕在中西思想家心头。《四种分叉》从时间、语言、道德、意识这四个维度,对这个古老问题进行了新颖而富有深刻的见解,从而揭示了存在与非存在、可能性与必然性问题,并不仅仅是学院派技术性的讨论,它们更关乎人类生存的独特性、历史性与伦理尊严。

图书在版编目(CIP)数据

《格列佛游记》与古今政治/洪涛著. --上海：华东师范大学出版社，2018
ISBN 978-7-5675-4743-8

Ⅰ.①格… Ⅱ.①洪… Ⅲ.①《格列佛游记》—小说研究 ②政治—研究 Ⅳ.①I561.074 ②D0

中国版本图书馆 CIP 数据核字(2018)第 047423 号

华东师范大学出版社六点分社
企划人 倪为国

本书著作权、版式和装帧设计受世界版权公约和中华人民共和国著作权法保护

六点评论
《格列佛游记》与古今政治

著 者	洪 涛
责任编辑	陈哲泓
封面设计	刘怡霖
出版发行	华东师范大学出版社
社 址	上海市中山北路 3663 号 邮编 200062
网 址	www.ecnupress.com.cn
电 话	021－60821666 行政传真 021－62572105
客服电话	021－62865537 门市(邮购)电话 021－62869887
地 址	上海市中山北路 3663 号华东师范大学校内先锋路口
网 店	http://hdsdcbs.tmall.com
印 刷 者	上海盛隆印务有限公司
开 本	889×1194 1/32
印 张	3.75
字 数	50 千字
版 次	2018 年 4 月第 1 版
印 次	2018 年 4 月第 1 次
书 号	ISBN 978-7-5675-4743-8/D·215
定 价	38.00 元
出版人	王 焰

(如发现本版图书有印订质量问题，请寄回本社客服中心调换或电话 021－62865537 联系)